Diogenes Taschenbuch 20862

Ray Bradbury

Fahrenheit 451

Roman
Aus dem Amerikanischen von
Fritz Güttinger

Diogenes

Titel der 1953 bei
Ballantine Books, Inc., New York,
erschienenen Originalausgabe:
›Fahrenheit 451‹
Copyright © 1953 by Ray Bradbury
Die deutsche Erstausgabe erschien 1955
im Verlag der Arche, Zürich
Umschlagzeichnung
von Edward Gorey

Dieses eine, in Dankbarkeit,
ist für
Don Congdon

Inhalt

Fahrenheit 451 (232° Celsius):
der Hitzegrad,
bei dem Bücherpapier Feuer fängt und verbrennt

Wenn man dir liniertes Papier gibt,
schreibe quer über die Zeilen

Juan Ramón Jiménez

I

Häuslicher Herd und Salamander

Es war eine Lust, Feuer zu legen.

Es war eine eigene Lust, zu sehen, wie etwas verzehrt wurde, wie es schwarz und *zu etwas anderem* wurde. Das gelbe Strahlrohr in der Hand, die Mündung dieser mächtigen Schlange, die ihr giftiges Kerosin in die Welt hinaus spie, fühlte er das Blut in seinen Schläfen pochen, und seine Hände waren die eines erstaunlichen Dirigenten, der eine Symphonie des Sengens und Brennens aufführte, um die kärglichen Reste der Kulturgeschichte vollends auszutilgen. Auf dem Kopf den Helm mit dem Zeichen 451, in den Augen einen flammenden Widerschein dessen, was nun kommen sollte, knipste er das Feuerzeug an, und das Haus flog auf in eine gierige Lohe, die sich rot und gelb und schwarz in den Abendhimmel hineinfraß. Er selber war umschwirrt wie von einem Schwarm von Leuchtkäfern. Ein altes Witzwort kam ihm in den Sinn, und er hätte am liebsten eine aufgespießte Wurst in die Feuersbrunst hineingehalten, während die Bücher mit dem Flügelschlag weißer Tauben vor dem Haus den Flammentod starben. Während die Bücher in Funkenwirbel aufsprühten und von einem brandgeschwärzten Wind verweht wurden.

Montag verzog das Gesicht zu dem grimmigen Lächeln des Menschen, der vor dem sengenden Feuer zurückweichen muß.

Nach getaner Arbeit mochte es vorkommen, daß er dem Gesicht im Spiegel als dem eines Komödianten, mit Ruß in einen Neger umgefärbt, belustigt zuzwinkerte. Auch nachher, wenn er sich schlafen legte, spürte er jeweils im Dunkeln seine Züge noch zu dem brandigen Lächeln verkrampft. Es verließ ihn nie, dieses Lächeln, er konnte sich überhaupt nicht erinnern, es jemals abgelegt zu haben.

Er hängte den schwarzen Helm auf und rieb ihn blank, hängte den feuersicheren Rock fein säuberlich an den Haken, duschte sich üppig ab und schritt dann pfeifend, die Hände in den Taschen, durch das obere Stockwerk der Feuerwache und ließ sich in das Loch fallen. Im letzten Augenblick, als der Aufprall unvermeidlich schien, holte er die Hände aus den Taschen und fing den Fall ab, indem er die Messingstange umklammerte. Quietschend rutschte er bis einen Fingerbreit über den Betonboden.

Er trat aus dem Gebäude und ging die mitternächtliche Straße entlang, der Untergrundbahn zu, wo der Lufttriebzug lautlos durch das geschmierte Rohr unter der Erde glitt und ihn mit einem Schwall schaler Wärme entließ und der gelbgekachelten Rolltreppe übergab, die zur Vorstadt emporlief.

Vor sich hin pfeifend, ließ er sich von der Rolltreppe an die stille Nachtluft hinaufbefördern und ging dann unbeschwert auf die Straßenkreuzung zu. Ehe er sie jedoch erreichte, verlangsamte sich sein Schritt, als wäre unvermittelt ein Wind aufgesprungen, als hätte ihn jemand beim Namen gerufen.

Die letzten paar Male hatten ihn auf dem Gehsteig grad um die Ecke die merkwürdigsten Ahnungen angefallen, wenn er in sternklarer Nacht seinem Haus zuschritt. Er hatte das Gefühl gehabt, einen Augenblick bevor er um die Ecke bog, habe jemand dort gestanden. Die Luft schien mit einer besondern Stille geladen, als hätte dort jemand ruhig gewartet, um sich im letzten Augenblick in ein Nichts zu verflüchtigen und ihn durchzulassen. Vielleicht hatte die Nase einen schwachen Duft wahrgenommen, vielleicht verspürte die Haut auf dem Handrücken, auf dem Gesicht, eine Erwärmung an der Stelle, wo jemand gestanden und die Temperatur der Luft ringsum eine Spur erhöht haben mochte. Begreifen ließ es sich nicht. Wenn er um die Ecke bog, sah er jeweils nur den weißen, menschenleeren Gehsteig, oder höchstens, das eine Mal, etwas behend über den Rasen hin verschwinden, ehe er es ins Auge fassen oder anrufen konnte.

Doch jetzt, diese Nacht, blieb er beinahe stehen. Etwas in ihm, das in Gedanken um die Ecke vorauseilte, hatte das allerleiseste

Geräusch vernommen. Atemzüge? Oder eine geringfügige Verdichtung der Luft, lediglich dadurch, daß jemand ruhig dort stand und wartete?

Er bog um die Ecke.

Das Herbstlaub wirbelte auf eine Art den Gehsteig entlang, daß es aussah, das Mädchen, das dort ging, werde von dem Wind und den Blättern geschoben. Es hielt den Kopf gesenkt, um zu beobachten, wie die Schuhe das Laub aufquirlten. Sein Gesicht war schmal und milchweiß, und es lag eine feine Gier darin, die allem mit unermüdlichen Fragen auf den Leib rückte, ein ständiges Staunen sozusagen; der dunkle Blick war so auf die Welt geheftet, daß ihm auch nicht die leiseste Regung entging. In einem weißen, knisternden Kleid kam es einher, er glaubte beinahe das Armeschlenkern zu hören und jetzt das unendlich leise Geräusch der Kopfbewegung, als das Mädchen merkte, daß da mitten auf dem Gehsteig ein Mann stand und es musterte.

In den Bäumen droben rauschte es gewaltig von dem trockenen Regen, den sie ausschütteten. Das Mädchen schien einen Augenblick überrascht zurückweichen zu wollen, doch statt dessen blieb es stehen und schaute ihn an, mit Augen so dunkel und glänzend und voller Leben, daß er das Gefühl hatte, etwas ganz Wunderbares gesagt zu haben. Dabei wußte er, daß es nur ein »hallo« gewesen war, und erst als das Mädchen von dem Salamander auf seinem Ärmel und der Phönixplakette am Rock gebannt schien, begann er zu sprechen.

»Ach ja«, sagte er, »du bist doch die neue Nachbarin?«

»Und Sie sind sicher« – es erhob den Blick von seinen Berufsabzeichen – »der Feuerwehrmann.« Die Stimme verlor sich.

»Wie sonderbar du das sagst.«

»Ich – ich hätte es sagen können, ohne die Augen aufzumachen«, erklärte das Mädchen bedächtig.

»Warum? Weil ich nach Kerosin rieche? Meine Frau klagt ständig darüber«, lachte er. »Der Geruch läßt sich nie völlig abwaschen.«

»Nein«, sagte es, mit einem leisen Grauen.

Ihm war, als ob ihn das Mädchen in Gedanken umkreise, als ob es ihm das Innerste nach außen kремple, ohne sich selber von der Stelle zu rühren.

»Kerosin«, sagte er dann, als sich das Schweigen in die Länge zog, »Kerosin ist für mich der reine Wohlgeruch.«

»Kommt es Ihnen wirklich so vor?«

»Gewiß. Warum nicht?«

Das Mädchen ließ sich Zeit mit der Antwort. »Ich weiß auch nicht.« Dann wandte es sich um, nach der Richtung, in der sie wohnten. »Darf ich mit Ihnen zurückgehen? Ich heiße Clarisse McClellan.«

»Clarisse. Guy Montag. Komm nur. Was tust du hier draußen so spät noch? Wie alt bist du eigentlich?«

Sie gingen in der warm-kühl wehenden Nacht die übersilberte Straße entlang, und in der Luft lag auf einmal ein ganz feiner Hauch von frischen Aprikosen und Erdbeeren; er sah sich um und merkte, daß das ganz ausgeschlossen war, zu so vorgerückter Jahreszeit.

Nun war es nur noch das Mädchen, das neben ihm herging, das Gesicht leuchtend wie Schnee im Mondschein, und er ahnte, daß es sich seine Fragen durch den Kopf gehen ließ, um die beste Antwort darauf zu finden.

»Nun«, sagte es dann, »ich bin siebzehn und nicht ganz bei Trost. Mein Onkel meint, das gehöre immer zusammen. Wenn man dich nach deinem Alter fragt, meinte er, sag immer, siebzehn und von Sinnen. Es ist doch hübsch, um diese Stunde spazieren zu gehen, in der Welt herumzuschnuppern und herumzugucken. Manchmal laufe ich die ganze Nacht umher und schaue dann zu, wie die Sonne aufgeht.«

Wiederum trat eine Pause ein, und zuletzt sagte das Mädchen nachdenklich: »Wissen Sie, ich habe vor Ihnen gar keine Angst.«

Er war verdutzt. »Weshalb solltest du Angst haben?«

»Viele Leute haben Angst. Vor der Feuerwehr, meine ich. Aber Sie sind eigentlich ganz menschlich...«

Er erblickte sich in den Augen des Mädchens wie in zwei hellen Wassertropfen schwebend, er selber dunkel und winzig, mit allen Einzelheiten, den Furchen um den Mund, alles ganz deutlich, als wären diese Augen zwei wundersame Stükke veilchenfarbenen Ambers, der ihn umschließen und verewigen könnte. Das Gesicht, das Clarisse ihm jetzt zuwandte, strahlte ein sanftes und beständiges Licht aus. Es hatte nicht das Krampfhafte des elektrischen Lichts – was war es nur? Das seltsam trauliche und dünne und sachte liebkosende Licht der Kerze. Einstmals, als er noch ein Kind war, hatte seine Mutter bei einer Stromsperre eine letzte Kerze gefunden und angezündet, und für eine kurze Stunde hatten sie es wiederentdeckt, wie bei solcher Beleuchtung der Raum behaglich um sie zusammenschnurrte, und beide, Mutter und Sohn, waren wie verwandelt gewesen, hatten gehofft, der Strom möge nicht so bald wieder einsetzen. Und dann sagte Clarisse McClellan:

»Darf ich Sie etwas fragen? Wie lange dienen Sie schon bei der Feuerwehr?«

»Seit ich zwanzig wurde, vor zehn Jahren.«

«Lesen Sie jemals welche von den Büchern, die Sie verbrennen?«

Er lachte. »Das ist doch verboten!«

»Ach so, ja.«

»Es ist ein schöner Beruf. Montag brenne Millay, Mittwoch Melville, Freitag Faulkner, brenne sie zu Asche, dann verbrenne noch die Asche. Das ist unser Wahlspruch.«

Sie schritten weiter dahin, und das Mädchen fragte: »Ist es wahr, daß die Feuerwehr einst Brände bekämpfte, statt sie zu entfachen?«

»Nein. Die Häuser waren schon immer feuerfest, verlaß dich drauf.«

»Merkwürdig. Ich habe mir sagen lassen, früher seien die Häuser manchmal aus Zufall in Brand geraten, und man habe Feuerwehrleute gebraucht, um dem Feuer zu wehren.«

Er lachte.

Clarisse warf ihm einen Blick zu. »Warum lachen Sie?«

»Weiß ich auch nicht.« Er wollte schon wieder lachen, hielt aber inne. »Warum?«

»Sie lachen, wenn ich nichts Lustiges gesagt habe, und Sie geben immer gleich Antwort. Sie überlegen sich nie, was ich Sie gefragt habe.«

Er blieb stehen. »Du bist wirklich ein sonderbares Geschöpf«, bemerkte er und musterte es. »Hast du denn gar keinen Respekt?«

»Es war nicht schlimm gemeint. Es ist nur mein leidiger Hang, die Leute allzu genau zu beobachten.«

»Und das da, bedeutet dir das gar nichts?« Er tippte an die Zahl 451, die auf seinen schwarzen Ärmel aufgenäht war.

»Doch«, erwiderte Clarisse leise und beschleunigte ihre Schritte. »Haben Sie je den Turbinenautos zugeschaut, wie sie die Straßen entlangrasen dort drüben?«

»Du wechselst das Thema!«

»Manchmal glaube ich, die Automobilisten wissen überhaupt nicht, was das ist, Gras, oder Blumen, weil sie nie langsam daran vorbeikommen. Wenn man einem Autofahrer etwas Grünverwischtes zeigte, würde er sagen: ›Ja, das ist Gras.‹ Etwas Rötlichverwischtes? ›Das ist ein Rosengarten.‹ Weißverwischtes bedeutet Häuser. Braunverwischtes Kühe. Mein Onkel ist einmal langsam gefahren, auf einer Autobahn. Er fuhr mit sechzig Stundenkilometern und wurde zwei Tage lang eingesperrt. Ist das nicht komisch, und traurig dazu?«

»Du machst dir zuviel Gedanken«, bemerkte Montag, dem es nicht wohl war dabei.

»Ich sehe mir selten die Fernsehwände an und gehe auch nicht an Rennen oder auf die Rummelplätze. Daher habe ich wohl eine Menge Zeit für verrückte Gedanken. Sind Ihnen schon die siebzig Meter langen Reklametafeln auf dem Land draußen aufgefallen? Wissen Sie, daß die Reklametafeln früher höchstens sieben Meter lang waren? Aber die Wagen sausten so rasch daran vorbei, daß man die Tafeln in die Länge ziehen mußte, damit sie überhaupt noch wirkten.«

»Nein, das habe ich nicht gewußt«, lachte Montag.

»Wetten, daß ich noch etwas weiß, was Sie nicht wissen. Auf dem Gras liegt am Morgen früh Tau.«

Er hätte plötzlich nicht mehr sagen können, ob ihm das bekannt gewesen war oder nicht, und geriet in eine gereizte Stimmung.

»Und wenn Sie genau hinsehen« – Clarisse deutete mit dem Kopf gegen den Himmel –, »es hockt ein Mann im Mond.«

Er hatte schon lange nicht mehr hingesehen.

Die letzte Strecke gingen sie schweigend nebeneinander her, Clarisse in einem nachdenklichen Schweigen, er in einem gedrückten und unbehaglichen, wobei er ihr von Zeit zu Zeit einen vorwurfsvollen Blick zuwarf. Als sie vor ihrem Haus anlangten, waren da alle Fenster hell erleuchtet.

»Was ist denn bei euch los?« Montag hatte noch selten ein Haus gesehen, in dem so viel Licht brannte.

»Ach, Mutter und Vater und Onkel sind noch auf und führen ein Gespräch. Es ist, wie wenn man Fußgänger ist, nur viel seltener. Mein Onkel wurde ein andermal verhaftet – habe ich es Ihnen schon erzählt? – wegen Fußgängerei. Oh, wir sind eine *höchst* eigentümliche Familie.«

»Aber worüber unterhaltet ihr euch denn?«

Das Mädchen lachte bloß. »Gute Nacht.« Es wandte sich zum Gehen, dann schien ihm etwas einzufallen, und es kam zurück, um ihn neugierig anzustaunen. »Sind Sie glücklich?« fragte es.

»Bin ich *was*?« rief er.

Aber Clarisse war schon weg, lief im Mondschein davon. Sachte ging die Haustür zu.

»Glücklich! So ein Unsinn.«

Das Lachen verging ihm.

Er griff ins Handschuhloch seiner Haustür und ließ es seinen Druck spüren. Die Tür glitt auf.

19

»Selbstverständlich bin ich glücklich. Was glaubt das Ding eigentlich? Ich sei nicht glücklich?« fragte er in die Stille des Hauses hinein. Er stand da und sah zur Lüftungsklappe empor und plötzlich fiel ihm ein, daß dort oben hinter der Klappe etwas versteckt lag, etwas, das jetzt auf ihn herabzulauern schien. Schnell wandte er den Blick ab.

Was für eine seltsame Begegnung in der Nacht. Dergleichen war ihm noch nie vorgekommen, außer damals vor einem Jahr, als er nachmittags im Park einen alten Mann getroffen und sich mit ihm unterhalten hatte ...

Montag schüttelte den Kopf. Obwohl er vor einer leeren Wand stand, sah er das Gesicht des Mädchens vor sich, wahrhaft schön in der Erinnerung, sogar erstaunlich schön. Es war ein ganz dünnes Gesicht, wie das Zifferblatt einer kleinen Uhr, das man mitten in der Nacht im dunkeln Zimmer gerade noch sieht, wenn man aufwacht und wissen möchte, wie spät es ist, und das Zifferblatt gibt einem Stunde und Minute und Sekunde an, in fahler Stille vor sich hinglimmend, voller Gewißheit, was es einem zu künden hat von der Nacht, die eilig neuen Finsternissen entgegenstrebt, aber auch einer neuen Sonne.

»Wie?« fragte Montag jenes andere Ich, den heimlichen Kindskopf, der zu Zeiten das Plappern nicht lassen konnte, völlig unabhängig von Willen, Gewohnheit und Gewissen.

Sein Blick schweifte zur Wand zurück. Wie glich ihr Gesicht doch anderseits einem Spiegel. Eigentlich undenkbar; denn wie viele Leute kennt man, die einem sein eigenes Licht zurückstrahlen? Meistens waren die Leute – er suchte nach einem Vergleich, fand ihn in seiner Berufswelt – sie waren wie Fackeln, die fröhlich lodern, bis sie ausgebrannt sind. Wie selten nehmen andere Gesichter unsern Ausdruck ab und werfen ihn auf uns zurück, unser eigenes innerstes Dichten und Trachten?

Wie unglaublich sich das Mädchen in jemand hineinversetzen konnte! Es war wie die gespannte Zuschauerin eines Puppenspiels, die jedes Wimperzucken, jede Handbewegung vorausahnt und schon erfaßt hat, ehe sie noch geschehen. Wie lange waren sie nebeneinander hergegangen? Drei Minuten? Fünf? Und doch, wie bedeutend dünkte ihn diese Zeitspanne jetzt. Welch überlebensgroße Gestalt stellte das Mädchen auf der Bühne vor, welch einen Schatten warf es mit seinem schmalen Körper auf die Wand vor ihm! Er hatte das Gefühl, wenn ihm etwas ins Auge flöge, würde Clarisse das ihre zusammenkneifen, und wenn sich sein Backenmuskel auch nur im geringsten dehnte, würde sie gähnen, lange bevor er dazu kam.

Ja, dachte er, wenn ich es mir überlege, schien sie beinahe auf mich zu warten dort auf der Straße, so spät noch in der Nacht.

Er machte die Schlafzimmertür auf.

Es war, als trete er in die kalte, marmorverkleidete Kammer eines Grabmals, nachdem der Mond untergegangen. Völlige Finsternis, kein Schimmer der silbrigen Außenwelt, die Fenster dicht geschlossen, eine Gruft, in die kein Laut aus der großen Stadt eindrang. Das Zimmer war jedoch nicht leer.

Er horchte.

Ein zartes, mückenähnliches Sirren schwirrte in der Luft, das elektrische Summen einer unsichtbaren Wespe, eingenistet in ihrem rötlichen, warmen Schlupfwinkel. Die Musik war beinahe laut genug, daß er die Melodie heraushörte.

Er spürte, wie sein Lächeln wegschmolz, einer Talghaut gleich sich zusammenbeutelte, wie das Wachs einer Phantasiekerze, die zu lange gebrannt hat und nun in sich zusammensinkt und ausgeht. Finsternis. Er war nicht glücklich. Noch während er die Worte vor sich hin sagte, erkannte er, daß sie seinen wahren Zustand wiedergaben. Er trug sein Glück wie eine Maske, und das Mädchen war damit davongelaufen; es bestand keine Möglichkeit bei ihr anzuklopfen und die Maske zurückzufordern.

Ohne das Licht anzudrehen, sah er das Zimmer vor sich. Seine Frau, auf dem Bett ausgestreckt, unbedeckt und kalt, wie die Gestalt auf dem Deckel eines Sarkophags, den Blick an feinen unsichtbaren Drähten starr an die Zimmerdecke geheftet, unbeweglich. Und in ihren Ohren die fingerhutgroßen, muschelförmigen Rundfunkgeräte, fest hineingeklemmt, mit einem Gewoge von Geräuschen, von Musik und Gespräch, Musik und Gespräch, ihre Schlaflosigkeit umbrandend. Das Zimmer war doch leer. Nacht für Nacht flutete es heran und schwemmte sie in einem Schwall von Geräusch hinweg, trug sie mit weit offenen Augen dem Morgen entgegen. Es war in den letzten zwei Jahren kein einziges Mal vorgekommen, daß Mildred sich des Nachts nicht in dieses Meer geworfen hätte, gerne in ihm untertauchend.

Trotz der Kälte im Zimmer war ihm, als könne er nicht atmen. Vorhänge und Glastür wollte er nicht aufmachen; er wünschte keinen Mondschein im Zimmer. Mit dem Gefühl, binnen kurzem ersticken zu müssen, tastete er sich nach seinem getrennten und somit kalten Bett. Einen Augenblick, bevor er mit dem Fuß gegen das Ding auf dem Boden stieß, wußte er, daß er gegen etwas stoßen würde. Es verhielt sich ähnlich wie mit dem Gefühl, das ihn beschlichen hatte, ehe er um die Ecke bog und das Mädchen beinahe über den Haufen rannte. Schwingungen, die von seinem Fuß ausgingen, wurden von dem kleinen Hindernis auf dem Wege zurückgeworfen, während der Fuß schon ausholte. Er stieß dagegen an, und das Ding schlitterte im Dunkel mit einem dumpfen Klirren hinweg.

Bolzengerade stand er da und lauschte in die gestaltlose Nacht hinein. Die Atemzüge der Frau auf dem Bett waren so schwach, daß sich nur noch der äußerste Saum des Lebens rührte, ein kleines Blatt, eine schwarze Flaumfeder, ein einzelnes Haar.

Noch immer wollte er kein Licht von draußen. Er holte sein Feuerzeug hervor, spürte den Salamander, der auf der silbernen Scheibe eingraviert war, drückte dagegen. Zwei Mondsteine sahen im Lichte des Flämmchens in seiner Hand zu ihm empor, zwei blasse Mondsteine, in das klare Wasser eines Baches versenkt, über die das Leben der Welt hinwegflief, ohne sie zu berühren.

»Mildred!«

Ihr Gesicht war wie eine verschneite Insel, welche den Regen nicht verspürt hätte, wenn Regen gefallen wäre, über welche vorüberziehende Wolken ihren Schatten werfen mochten, ohne daß sie es verspürt hätte. Nur das Sirren der Fingerhutwespen in ihren zugestopften Ohren war da und der gläserne Blick und der leise Atemhauch, ein und aus, ohne daß es sie gekümmert hätte, ob ein oder aus, aus oder ein.

Der Gegenstand, den er mit dem Fuß weggestoßen hatte, schimmerte jetzt unter seinem eigenen Bett. Das Glasfläschchen, das noch am selben Tag mit dreißig Schlaftabletten gefüllt worden war, und jetzt ohne Deckel und leer im Lichte des Flämmchens dalag.

Im selben Augenblick heulte der Himmel über dem Haus auf. Es war ein gellendes Geräusch, als hätten zwei Riesenhände einen zehntausend Kilometer langen schwarzen Leinwandstreifen entzweigerissen. Montag war wie mittendurch gespalten. Die Düsenbomber, die über ihn hinwegjagten, hinweg, hinweg, eins zwei, eins zwei, eins zwei, ihrer sechs, ihrer neun, ihrer zwölf, einer und noch einer und immer noch einer, nahmen ihm das Schreien ab. Er sperrte den Mund auf und ließ ihr gellendes Geheul herabkommen und zwischen seinen Zähnen heraus. Das Haus erbebte. Das Flämmchen in seiner Hand löschte aus. Die Mondsteine verglommen. Wie von selber griff er nach dem Telephon.

Die Düsenflugzeuge waren vorüber. Er fühlte seine Lippen sich bewegen, die Sprechmuschel des Hörers streifen. »Spital. Unfallabteilung.« Ein heiseres Raunen.

Ihm war, die Sterne seien vom Heulen der schwarzen Düsenbomber zerrieben worden und die Erde werde am Morgen mit ihrem Staub wie mit einem fremdartigen Schnee bedeckt sein. Das war sein ausgefallener Gedanke, als er fröstelnd im Dunkel stand und seine Lippen reden ließ.

Sie hatten da dieses Gerät. Eigentlich zwei Geräte. Das eine kroch in den Magen des Menschen hinunter wie eine schwarze Kobra, die in einem hallenden Brunnenschacht nach all dem sucht, was sich dort an alten Wassern und alter Zeit angesammelt hat. Es schluckte das grüne Zeug, das langsam emporgebrodelt kam. Schluckte es auch von dem Dunkel? Saugte es auch all das Gift aus, das sich im Laufe der Jahre dort angesetzt hatte? Lautlos pumpte es sich voll, gelegentlich mit einem Röcheln und blinden Herumtasten. Es hatte ein Auge. Wenn der Mann am Gerät sich einen besonderen Helm aufsetzte, konnte er dem Menschen, den er auspumpte, in die Seele hineinschauen. Was sah das Auge? Er sagte es nicht. Er sah, aber nicht, was das Auge sah. Es war wie beim Ausheben eines Grabens im Garten. Die Frau auf dem Bett war nichts weiter als eine harte Gesteinsschicht, auf die man gestoßen war. Macht nichts, schieben wir das Ding runter, masseln wir die Leere herauf, falls sich dergleichen mit der Saugschlange heraufpumpen läßt. Der Mann am Gerät stand da, eine Zigarette im Mundwinkel. Das andere Gerät war ebenfalls im Betrieb.

Ein genau so unpersönlicher Mensch in einem immer gleich sauberen rostbraunen Overall bediente das andere Gerät. Es pumpte alles Blut aus dem Körper und ersetzte es mit frischem Blut und Serum.

»Man muß sie doppelt ausräumen«, erklärte der Mann am Bett. »Den Magen auspumpen hat keinen Zweck, wenn man nicht auch das Blut reinigt. Läßt man das Zeug im Blut, dann schlägt das Blut ins Gehirn wie ein Hammer, peng, ein paar tausendmal, und das Gehirn gibt einfach auf, es macht nicht mehr mit.«

»Genug!« rief Montag.

»Ich meine ja nur«, sagte der Mann am Gerät.

»Sind Sie fertig?« fragte Montag.

Sie stellten die Apparate ab. »Wir sind fertig.« Seine Ungehaltenheit berührte sie überhaupt nicht. Der Zigarettenrauch kräuselte sich ihnen in die Nase und in die Augen, ohne daß sie eine Miene verzogen. »Das macht fünfzig Dollar.«

»Zunächst mal, warum sagen Sie mir nicht, ob sie davonkommt?«

»Natürlich kommt sie davon. Das üble Zeug haben wir alles hier in unserem Koffer, das kann ihr nichts mehr anhaben. Wie gesagt, man holt das Alte heraus und tut das Neue hinein, und alles ist wieder in Ordnung.«

»Keiner von Ihnen ist Arzt. Warum hat man vom Spital nicht einen Arzt geschickt?«

»Ach was!« Die Zigarette wippte auf den Lippen des Mannes. »Neun oder zehn solche Fälle kriegen wir jede Nacht. Als das vor ein paar Jahren anfing, haben wir die Spezialapparatur bauen lassen. Das Elektronenauge, das war natürlich neu, alles andere ist uralt. Da braucht es keinen Arzt dazu, zwei Gehilfen genügen, die schaffen's in einer halben Stunde. Also« – er wandte sich zum Gehen – »wir müssen weg. Bekam soeben einen Anruf auf der guten alten Ohrkapsel. Zehn Häuser weiter. Schon wieder jemand, der sich an Pillen übernommen hat. Rufen Sie an, wenn Sie uns wieder mal brauchen. Sorgen Sie für Ruhe. Wir haben ihr ein Kontrasedativ gegeben. Sie wird Hunger haben, wenn sie aufwacht. Wiedersehen.«

Und die Männer mit den Zigaretten zwischen den schmalen Lippen, die Männer mit den Augen von Puffottern luden sich Gerät und Schlauch auf, den Behälter mit dem flüssigen Lebensüberdruß und dem namenlosen dunkeln zähen Zeug, und schlenderten zur Tür hinaus.

Montag sank auf einen Stuhl und schaute diese Frau an. Die Augen hatte sie jetzt geschlossen, und er streckte eine Hand aus, um die Wärme ihres Atems auf seiner Handfläche zu spüren.

»Mildred«, sagte er schließlich.

Es gibt zu viele Menschen, dachte er. Milliarden gibt es von uns, und das ist zu viel. Niemand kennt den andern. Unbekannte kommen und vergewaltigen dich. Unbekannte kommen und reißen dir das Herz aus dem Leib. Unbekannte kommen und zapfen dir das Blut ab. Du mein Gott, wer waren die beiden eigentlich? Ich habe sie meiner Lebtag noch nie gesehen.

Eine halbe Stunde verging.

Der Blutkreislauf in der Frau war neu, er schien eine Veränderung in ihr bewirkt zu haben. Ihre Wangen waren rötlich angehaucht, ihre Lippen zeigten eine frische Farbe und sahen weich und entspannt aus. Das Blut eines andern Menschen war in ihr, wenn es nur auch das Fleisch und Gehirn und Gedächtnis eines andern wäre. Wenn man nur ihr Gemüt hätte chemisch reinigen lassen können, um es am nächsten Morgen mit ausgeräumten Taschen neu aufgebügelt wieder zu erhalten. Hätte man nur...

Er erhob sich, zog die Vorhänge auf und öffnete das Fenster weit, um die Nachtluft hereinzulassen. Es war zwei Uhr früh. War das erst vor einer Stunde gewesen, Clarisse McClellan auf der Straße und die Heimkehr und das finstere Zimmer und das Glasfläschchen, das er mit dem Fuß weggestoßen? Erst vor einer Stunde noch. Aber die Welt war zerschmolzen und in einer neuen und farblosen Form wiedererstanden.

Gelächter kam über den mondbeglänzten Rasen herübergeweht von dem Haus, wo Clarisse wohnte mit ihren Eltern und dem Onkel, der ein so stilles und besinnliches Lächeln hatte. Vor allem war nichts Krampfhaftes an dem Gelächter, das von dem nächtlicherweile so hell erleuchteten Haus kam, während alle andern Häuser sich im Dunkeln abkapselten. Montag vernahm Stimmen, die mit ständigem Geben und Nehmen das Gewebe des Gesprächs wirkten.

Unwillkürlich trat er zur Glastür hinaus und ging über den Rasen, bis er im Schatten vor dem gesprächigen Haus stand. Der Gedanke kam ihm, er könnte anklopfen und leise sagen: »Laßt mich ein. Ich werde mich still verhalten, ich will nur zuhören. Worüber unterhaltet ihr euch?«

Statt dessen stand er da und fror, seine Miene eine Maske aus Eis, und lauschte der Stimme eines Mannes (des Onkels?), die sich gemächlich erging.

»Schließlich leben wir in einer Zeit der Taschentücher zum Fortwerfen. Putz dir an einem Menschen die Nase, zerknüll ihn und spül ihn weg, nimm dir einen andern, putz ab, zerknüll, spül weg. Jeder bediene sich der Rockschöße des andern. Wie soll einer der ortseigenen Mannschaft zujubeln, wenn er kein Programm hat und keine Namen kennt? Er weiß nicht einmal, was für Trikots die Leute tragen, wenn sie auf den Spielplatz hinaustraben.«

Montag kehrte ins Haus zurück, ließ die Fenster offen, sah nach Mildred, stopfte die Decken behutsam um sie fest und legte sich dann hin, den Mond auf den Backenknochen und auf der gerunzelten Stirn, und in jedem der beiden Augen war der Mond als silberner Star abgezogen.

Ein einzelner Regentropfen. Clarisse. Noch einer. Mildred. Ein dritter. Der Onkel. Ein vierter. Die Feuersbrunst heute. Eins, Clarisse. Zwei, Mildred. Drei, der Onkel. Vier, die Feuersbrunst. Eins, Mildred, zwei, Clarisse. Eins, zwei, drei, vier, fünf, Clarisse, Mildred, der Onkel, die Feuersbrunst, Schlaftabletten, Menschen zum Fortwerfen, Rockschöße, putz ab, zerknüll, spül weg. Eins, zwei, drei, eins, zwei, drei! Regen. Das Unwetter. Der Onkel, der lachte. Donnergepolter, das herabfiel. Die ganze Welt, die herabgegossen kam. Das Feuer, das einem Vulkan gleich emporschoß. Alles in tosender, quirlender Bewegung dem Morgen entgegenströmend.

»Ich weiß überhaupt nichts mehr«, sagte er und ließ eine Schlafpille auf der Zunge zergehen.

Um neun Uhr früh war Mildreds Bett leer. Montag stand auf, mit klopfendem Herzen, und lief über den Flur bis vor die Küchentür.

Ein Stück Toast schnellte aus dem silbernen Toaster, wurde von einer spinnengliedrigen Metallhand aufgefangen und mit zerlassener Butter getränkt.

Mildred sah zu, wie der Toast ihr auf den Teller befördert wurde. In ihren Ohren steckten die elektronischen Bienen, die die Stunde versummten. Plötzlich schaute sie auf, erblickte ihn und nickte.

»Wieder auf dem Damm?« fragte er.

Sie verstand sich nachgerade darauf, ihm die Worte von den Lippen abzulesen, hatte sie es doch seit zehn Jahren geübt, mit den fingerhutgroßen Rundfunkmuscheln ständig im Ohr. So nickte sie denn, während sie noch ein Stück Brot in den selbsttätigen Toaster schob.

Montag setzte sich hin.

»Ich weiß nicht«, sagte seine Frau, »warum ich einen solchen Hunger habe.«

»Du –«

»Einen Mordshunger hab ich.«

»Gestern nacht«, begann er.

»Ich habe nicht gut geschlafen. Mir ist ganz flau«, fuhr sie fort. »Gott, bin ich hungrig. Ich kann es mir nicht erklären.«

»Gestern nacht –«, begann er von neuem.

Sie streifte seine Lippen mit einem Blick. »Was war denn gestern nacht?«

»Weißt du nicht mehr?«

»Was denn? Haben wir ein tolles Fest gebaut oder was sonst? Ich bin ganz verkatert. Gott, bin ich hungrig. Wer war denn da?«

»Ein paar Leute.«

»Das hab ich mir gedacht.« Sie zerkaute ihr Stück Toast. »Magenverstimmung, aber Hunger hab ich wie ein Drescher. Hoffentlich hab ich mich gestern abend nicht danebenbenommen.«

»Nein«, sagte er leise.

Der spinnengliedrige Mechanismus händigte ihm eine gebutterte Röstschnitte aus. Mit einem Gefühl der Dankbarkeit hielt er sie in der Hand.

»Du siehst auch nicht gerade knusprig aus«, bemerkte seine Frau.

Gegen Abend regnete es, und die ganze Welt war grau in grau. Er stand im Hausflur und steckte sich das Abzeichen mit dem feuergelben Salamander an. Lange schaute er zu der Lüftungsklappe hinauf. Seine Frau im Fernsehzimmer blickte einen Augenblick von dem Manuskript auf, in das sie vertieft war. »Nanu«, rief sie, »der Mann denkt ja!«

»Jawohl«, erwiderte er. »Ich habe noch mit dir zu reden.« Er hielt inne. »Du hast gestern die ganzen Pillen in deinem Fläschchen genommen.«

»So was tue ich doch nicht«, widersprach sie erstaunt.

»Das Fläschchen war leer.«

»Das würde ich nie tun. Weshalb sollte ich denn so was tun?«

»Vielleicht hast du zwei Pillen genommen und es vergessen und noch zwei genommen, und dann warst du schon so betäubt, daß du immer weitere Pillen geschluckt hast, bis du dreißig oder vierzig davon im Leibe hattest.«

»Ach was, wozu sollte ich so etwas Albernes tun?«

»Weiß ich auch nicht.«

Sie wäre ihn offensichtlich gerne losgeworden. »Das habe ich nicht getan«, erklärte sie bestimmt, »nie und nimmer.«

»Schön, wenn du meinst.«

»Na endlich.« Sie wandte sich wieder dem Manuskript zu.

»Was wird denn heute nachmittag gegeben?« fragte er matt.

Sie schaute nicht einmal auf. »Ich habe hier ein Stück, das in zehn Minuten im Wand-an-Wand-Funk kommt. Man hat mir heute vormittag meine Rolle geschickt. Ich hatte ein paar Gutscheine eingesandt. Bei dem Stück, wie es geschrieben wird, ist eine Rolle ausgelassen. Es ist eine neue Idee. Die Hausmutter, das bin ich, die fehlende Rolle. Wenn die ausgelassenen Zeilen drankommen, schaut alles von den drei Wänden her auf mich, und ich spreche dann die betreffenden Zeilen. Hier sagt z. B. der Mann: ›Was hältst du davon, Helene?‹, und er schaut auf mich hier in der Bühnenmitte, verstehst du? Und ich sage dann, ich sage –« Sie suchte mit dem Finger nach der Zeile. »Ich finde es gut!‹ Und dann geht das Stück weiter, bis er sagt: ›Bist du nicht auch der Meinung, Helene?‹, und ich sage: ›Aber gewiß doch.‹ Ist das nicht ein Mordsspaß, Guy?«

Er sah sie vom Flur her an.

»Das macht doch Spaß«, wiederholte sie.

»Wovon handelt das Stück?«

»Hab ich dir ja eben erzählt. Es kommen Leute drin vor, Bob und Ruth und Helene.«

»Ach so.«

»Es ist wirklich ein Heidenspaß, und noch mehr Spaß wird es machen, wenn wir es uns einmal leisten können, die vierte Wand einzurichten. Wie lange, glaubst du, müssen wir noch sparen, bis wir die vierte Wand herausreißen und eine Fernsehwand einsetzen lassen können? Kostet ja nur zweitausend Dollar.«

»Das ist ein Drittel meines Jahreseinkommens.«

»Kostet ja nur zweitausend Dollar«, wiederholte sie. »Und ich finde, du könntest ab und zu auch einmal auf mich Rücksicht nehmen. Wenn wir eine vierte Wand hätten, dann wäre es doch, als gehörte dieses Zimmer gar nicht uns, sondern allen möglichen fremdländischen Leuten. Wir könnten das ja an ein paar andern Dingen einsparen.«

»Wir schränken uns schon genügend ein, um die dritte Wand abzuzahlen. Sie ist erst vor zwei Monaten eingerichtet worden, weißt du noch?«

»Ist es noch nicht länger her?« Sie betrachtete ihn eine Weile. »Also dann auf Wiedersehen.«

»Wiedersehen«, sagte er. Im Gehen wandte er sich nochmals um. »Geht es glücklich aus?«

»Ich bin noch nicht soweit gekommen.«

Er trat zu ihr hin, überflog die letzte Seite, nickte, klappte das Manuskript zu und reichte es ihr wieder. Dann ging er in den Regen hinaus.

Der Regen hatte nachgelassen, und das Mädchen ging in der Mitte des Gehsteigs mit zurückgeworfenem Kopf und ließ sich die paar Tropfen aufs Gesicht fallen. Als es Montag sah, lächelte es

»Guten Tag.«

Er grüßte zurück und sagte dann: »Was hast du dir denn jetzt wieder ausgedacht?«

»Ich bin immer noch nicht ganz bei Trost. Der Regen tut einem gut. Ich gehe gern im Regen spazieren.«

»Das wäre nicht mein Fall«, bemerkte er

»Sie haben es bloß noch nie versucht.«

»Allerdings.«

Clarisse leckte sich die Lippen. »Er schmeckt sogar gut, der Regen.«

»Was treibst du eigentlich? Spazierst du in der Welt umher, um alles einmal auszuprobieren?«

»Manches sogar zweimal«, sagte das Mädchen und betrachtete etwas, das es in der Hand hielt.

»Was hast du denn da?« fragte er.

»Das ist wohl der letzte Löwenzahn dieses Jahr. Ich hätte nicht geglaubt, so spät noch einen zu finden. Haben Sie je gehört, daß man ihn unter das Kinn halten muß? Sehn Sie her.« Clarisse streifte ihr Kinn mit der Blume und lachte.

»Wozu?«

»Wenn es abfärbt, bedeutet das, daß ich verliebt bin. Hat es abgefärbt?«

Er kam kaum darum herum, nachzusehen

»Nun?« fragte das Mädchen.

»Du bist gelb unter dem Kinn.«

»Bei mir wird's nicht gehen.«

»Halt.« Ehe er ausweichen konnte, war ihm Clarisse mit dem Löwenzahn unters Kinn gefahren. Er zuckte zurück, und sie lachte. »Halten Sie still!«

Sie guckte unter sein Kinn und runzelte die Stirn.

»Wie schade«, erklärte sie. »Sie sind überhaupt nicht verliebt!«

»Doch, bin ich!«

»Man sieht aber nichts.«

»Ich bin sogar sehr verliebt!« Er suchte eine entsprechende Miene aufzusetzen, verfügte aber über keine. »Doch, sicher!«

»Ach, machen Sie doch bitte nicht so ein Gesicht.«

»Es liegt an diesem Löwenzahn«, meinte er. »Du hast ihn bereits aufgebraucht. Deshalb ging's bei mir nicht.«

»Ach ja, das wird's sein. Und jetzt habe ich Sie verstimmt, ich seh es genau. Es tut mir wirklich leid.« Clarisse rührte an seinen Ellbogen.

»Nein, nein«, beteuerte er rasch, »das macht nichts.«

»Ich muß gehen. Sagen Sie bitte vorher noch, daß Sie mir verzeihen. Ich möchte nicht, daß Sie mir böse sind.«

»Ich bin nicht böse. Verstimmt, ja.«

»Ich muß jetzt zu meinem Psychiater. Man schickt mich hin, und ich denke mir aus, was ich ihm Schönes erzählen könnte. Was er wohl von mir hält? Er behauptet, ich sei eine richtige Zwiebel. Er hat alle Hände voll zu tun, die verschiedenen Schichten abzupellen.«

»Mir scheint, du hast den Psychiater nötig.«

»Das ist doch nicht Ihr Ernst?«

Er holte Atem, stieß ihn wieder aus und sagte dann: »Nein, es war nicht ernst gemeint.«

»Der Psychiater will wissen, warum ich gehe und in den Wäldern umherstreife und den Vögeln zuschaue und Schmetterlinge sammle. Ich zeige Ihnen dann mal meine Sammlung.«

»Schön.«

»Man will herauskriegen, was ich mit meiner ganzen Zeit anfange. Ich sage den Leuten, daß ich manchmal bloß dasitze und nachdenke. Aber worüber, das erzähle ich ihnen nicht. Ich lasse sie zappeln. Und manchmal, sage ich, werfe ich den Kopf zurück, so, und lasse mir in den Mund hineinregnen. Schmeckt wie Wein. Haben Sie es je versucht?«

»Nein, ich –«

»Sie haben mir doch verziehen?«

»Gewiß.« Er dachte nach. »Doch, ich habe dir verziehen. Weiß Gott warum. Du bist ein eigentümliches Wesen, ein befremdliches, aber man verzeiht dir leicht. Siebzehn bist du, hast du gesagt?«

»Ja, das heißt nächsten Monat.«

»Merkwürdig. Unbegreiflich. Meine Frau ist dreißig, und doch kommst du mir manchmal viel älter vor. Ich werd' nicht schlau draus.«

»Sie sind selber ein sonderbarer Kauz, Herr Montag. Bisweilen vergesse ich sogar, daß Sie bei der Feuerwehr sind. Darf ich Sie jetzt nochmals ärgern?«

»Nur zu.«

»Wie hat es angefangen? Wie sind Sie eigentlich dazu gekommen? Zu Ihrem Beruf, meine ich. Sie sind nicht wie die andern. Ich kenne einige, ich weiß Bescheid. Wenn ich spreche, sehen Sie mich an. Als ich etwas vom Mond sagte, gestern nacht, haben Sie zum Mond aufgeschaut. Das würden die andern nie tun. Die würden weglaufen und mich reden lassen. Oder sie würden mir drohen. Die Menschen haben keine Zeit mehr für einander. Sie sind einer der wenigen, die mich dulden. Deshalb finde ich es so merkwürdig, daß Sie bei der Feuerwehr sind. Es paßt einfach nicht zu Ihnen.«

Er spürte, wie er sich innerlich in eine Kälte und eine Wärme schied, eine Weichheit und eine Härte, ein Beben und ein Nicht-Beben, und die beiden Hälften rieben sich knirschend aneinander.

»Lauf jetzt lieber zu deiner Verabredung«, sagte er.

Und Clarisse lief weg und ließ ihn dort im Regen stehen. Erst nach geraumer Weile setzte er sich in Bewegung.

Und dann, im Gehen, kippte er den Kopf ganz bedächtig nach hinten, in den Regen, nur für kurze Zeit, und tat den Mund auf...

Der Mechanische Hund schlief und schlief doch nicht, lebte und lebte doch nicht, in seiner sachte summenden, sachte vibrierenden, sanft erhellten Hütte in einem dunkeln Winkel der Feuerwache. Das Zwielicht der nachmitternächtlichen Stunde, der Mondschein, der vom klaren Himmel her gerahmt durch die großen Fenster fiel, ließ da und dort das Messing und das Kupfer und den Stahl des leise bebenden Tieres aufleuchten, glomm in rubinrotem Glas und schimmerte auf den feinen hochempfindlichen Härchen der Nüstern mit ihren Nylonpinseln. Ständig lief ein kaum wahrnehmbares Zittern durch die Kreatur, die auf acht Spinnenbeinen stand, mit gummigepolsterten Pfoten.

Montag rutschte die Messingstange hinunter und ging hinaus auf die Straße. Die Wolken hatten sich gänzlich verzogen. Er steckte sich eine Zigarette an und kam wieder herein, um sich zu dem Tier zu bücken und es zu betrachten. Es wirkte wie eine Riesenbiene, zurück von einer Wiese, wo der Honig voll tödlicher Wildheit ist, voller Wahnsinn und böser Träume; es hatte sich mit der scharfen Labe gesättigt und schlief nun das Böse aus.

»Na«, sagte Montag, wie immer fasziniert von dem toten Tier, das doch lebte.

Nachts, wenn es langweilig wurde, was jede Nacht der Fall war, glitten die Feuerwehrleute die Stangen hinunter und stellten das tickende Geheimschloß im Riecher des Spürhundes ein und ließen auf dem Vorplatz Ratten los und manchmal auch Hühner oder ein Kätzchen, das ohnehin ertränkt werden mußte, und dann wurden Wetten abgeschlossen, welche der Ratten oder Hühner oder Katzen der Hund zuerst erwischen werde. Hatte man die Tiere losgelassen, war dreißig Sekunden später das Spiel auch schon aus; ehe die Ratte oder Henne ganz über den Vorplatz gekommen war, hielt der Hund sie zwischen weichen Pfoten, während aus seiner Schnauze eine zehn Zentimeter lange Hohlnadel hervorstieß und dem Opfer eine kräftige Dosis Morphium oder Prokain einspritzte. Die Kadaver wurden dann in den Einäscherungsofen geworfen; ein neues Spiel konnte beginnen.

Montag blieb meistens oben, wenn sich das zutrug. Noch vor zwei Jahren hatte er mit den andern drauflos gewettet, hatte einen Wochenlohn verspielt und Mildreds wahnsinnige Wut über sich ergehen lassen, bei der ihr die Adern anschwollen und die Haut ganz fleckig wurde. Jetzt hingegen lag er nachts in seiner Koje, mit dem Gesicht zur Wand, und hörte sich die Lachsalven von drunten an, das saitenfeine Huschen der Ratten, das Flageolettgepiepse der Mäuse, die gespannte Stille des Spürhundes, der wie ein Schatten zusprang und, angezogen vom Geruch wie eine Motte vom Licht, sein Opfer fand, festhielt, die Nadel hineinbohrte und dann in seine Hütte zurückkehrte, um dort reglos zu erstarren, als wäre ein Schalter ausgeknipst worden.

Montag berührte die Schnauze.

Ein Knurren des Hundes.

Montag fuhr zurück.

In der Hütte drin erhob sich der Hund halbwegs und funkelte ihn mit den plötzlich lebendig werdenden, blaugrünen Neonlichtern an. Abermals drang ein heiseres Knurren aus dem Tier, ein eigenartiges Geräusch, in welchem das Summen elektrischen Stroms sich verband mit einem Brutzeln, einem metallischen Scheppern, einem Klicken von Zahnrädern, die rostig schienen von alteingefressenem Mißtrauen.

»Nein, nein, mein Bester«, sagte Montag mit klopfendem Herzen.

Er sah, wie die Stahlnadel sich einen Fingerbreit hervorschob, zurückzog, hervorschob, zurückzog. Das Knurren in dem Tier brodelte weiter; es schaute ihn immer noch an.

Montag wich zurück. Der Hund tat einen Schritt aus der Hütte. Mit der einen Hand faßte Montag nach der Messingstange, und die Stange gehorchte und glitt nach oben und brachte ihn lautlos durch die Decke. Auf dem dämmrigen Boden des obern Stockwerks befiel ihn ein Schaudern, und sein Gesicht war kreidebleich. Der Hund drunten hatte seine acht unwahrscheinlichen Insektenbeine unter sich zusammengelegt und summte wieder vor sich hin; in die Facettenaugen war wieder Ruhe eingekehrt.

Montag blieb bei der Fallöffnung stehen, bis er sich von seinem Schrecken erholt hatte. Die vier Mann hinter ihm an einem Kartentisch unter einem grünabgeschirmten Licht in der Ecke sahen kurz her, sagten aber nichts. Nur der Hauptmann, erkenntlich an seinem Helm mit dem Phönix daran, richtete schließlich, die Karten in der dürren Hand, das Wort an ihn.

»Montag –?«

»Er hat etwas gegen mich«, sagte Montag.

»Wer? Der Hund?« Der Hauptmann besah sich seine Karten. »Ach wo, der Hund hat weder für noch gegen. Er funktioniert bloß. Gehört in die Ballistik. Seine Bahn bestimmen wir, er folgt ihr, und damit fertig. Er geht auf sein Ziel los, trifft es und schaltet dann ab. Schließlich besteht er nur aus Kupferdraht, Batterien und Strom.«

Montag schluckte. »Der Hund kann doch auf irgendeine Zusammensetzung eingestellt werden, auf so und so viel Teile Aminosäure, so und soviel Schwefel, so und soviel Butterfett und Alkali, nicht?«

»Wissen wir alle.«

»Die chemische Zusammensetzung eines jeden von uns hier ist in der Kartei drunten registriert. Es wäre ein leichtes, das ›Gedächtnis‹ des Hundes auf einen Bruchteil davon einzustellen, auf eine Spur Aminosäure zum Beispiel. Damit würde sein Verhalten von vorhin verständlich. Er hat auf mich reagiert.«

»Ach, mach's halblang«, sagte der Hauptmann.

»Gereizt, wenn auch nicht direkt böse. Gerade genug ›Gedächtnis‹, von irgend jemand eingestellt, daß das Tier knurrte, als ich es berührte.«

»Wem sollte so etwas einfallen?« fragte der Hauptmann. »Du hast doch hier keine Feinde, Guy.«

»Nicht daß ich wüßte.«

»Wir lassen den Hund morgen technisch überprüfen.«

»Es ist nicht das erste Mal, daß er bedrohlich wurde«, setzte Montag hinzu. »Letzten Monat ist es zweimal vorgekommen.«

»Wir bringen das in Ordnung. Mach dir keine Sorgen.«

Montag rührte sich indessen nicht von der Stelle; er stand bloß da und dachte an die Lüftungsklappe im Flur zu Hause und an das, was hinter der Klappe verborgen lag. Wenn hier jemand Lunte gerochen hatte, konnte er dann nicht dem Hund ›Bescheid stoßen‹?

Der Hauptmann trat zu Montag herüber und sah ihn fragend an.

»Ich überlege gerade«, erklärte Montag, »was denkt sich der Hund eigentlich da drunten die ganzen Nächte lang? Sollte er sich etwa selbständig gemacht haben, daß er sich gegen uns wendet? Mich überläuft es kalt.«

»Er denkt sich nichts, was wir ihm nicht zuvor beigebracht haben.«

»Eigentlich traurig«, meinte Montag. »Alles, was wir ihm beibringen, ist Jagen, Aufstöbern und Töten. Es ist doch ein Jammer, wenn das alles ist, was er je kennen kann.«

»Ach was«, schnaubte Beatty. »Er ist ein handwerkliches Meisterstück, ein Geschoß, das sein Ziel nie verfehlen kann.«

»Das ist es ja, warum ich nicht gerne sein nächstes Opfer sein möchte.«

»Wieso? Hast du vielleicht ein schlechtes Gewissen?«

Montag warf ihm rasch einen Blick zu.

Beatty schaute ihn unverwandt an und begann dann zu lachen, ganz leise zu lachen.

Sieben Tage. Und siebenmal kam er zum Haus heraus und Clarisse war da irgendwo auf der Welt. Einmal sah er sie einen Nußbaum schütteln, einmal sah er sie auf dem Rasen sitzen und an einem blauen Sweater stricken, drei oder vier Mal fand er einen Strauß später Rosen vor seiner Haustür oder eine Handvoll Kastanien in einem Beutel oder etwas Herbstlaub, säuberlich auf ein weißes Blatt Papier geheftet und mit einer Zwecke an der Tür befestigt. Tag für Tag ging Clarisse mit ihm bis zu der Ecke. Am einen Tag regnete es, am nächsten war es klar, am übernächsten wehte ein heftiger Wind, darauf kam ein stiller, milder Tag, und nach diesem stillen Tag kam eine sommerliche Hitze, und Clarisse war gegen Abend ganz sonnverbrannt im Gesicht.

»Woher kommt es«, fragte er einmal am Eingang zur Untergrundbahn, »daß ich das Gefühl habe, dich schon seit Jahren zu kennen?«

»Weil ich Sie gern habe«, erwiderte Clarisse, »und weil ich nichts von Ihnen will. Und weil wir uns kennen.«

»Du machst, daß ich mir uralt vorkomme und ganz väterlich.«

»Nun erklären Sie mir noch«, sagte sie, »warum Sie selber keine Töchter haben, wo Sie doch so kinderlieb sind.«

»Weiß ich auch nicht.«

»Nein, im Ernst.«

»Ich meine –« Er stockte und schüttelte den Kopf. »Nun, meine Frau, sie – sie wollte eben überhaupt keine Kinder.«

Das Mädchen lächelte nicht mehr. »Verzeihen Sie. Ich dachte wirklich, Sie machen sich lustig über mich. Wie dumm von mir.«

»Nein, nein, es war eine gute Frage. Es ist schon lange her, daß jemand sich getrieben fühlte, danach zu fragen. Eine gute Frage.«

»Reden wir von etwas anderem. Haben Sie je an altem Laub geschnuppert? Riecht es nicht wie Zimt? Hier, riechen Sie mal.«

»Doch, ja, es erinnert tatsächlich an Zimt.«

Das Mädchen sah ihn mit seinen klaren, dunkeln Augen an. »Sie scheinen immer befremdet.«

»Es ist nur, weil ich keine Zeit gehabt habe –«

»Haben Sie sich die verlängerten Reklametafeln angesehen, von denen ich Ihnen erzählte?«

»Ich glaube ja. Doch.« Er mußte lachen.

»Ihr Lachen klingt viel hübscher als früher.«

»Wirklich?«

»Weniger verkrampft.«

Er fühlte sich ganz unbefangen und behaglich. »Warum bist du nicht in der Schule? Täglich sehe ich dich umherstreifen.«

»Ach, man vermißt mich nicht. Es heißt, ich sei ungesellig. Merkwürdigerweise. In Wirklichkeit bin ich höchst gesellig. Es kommt nur darauf an, was man unter Geselligkeit versteht. Mich mit Ihnen über dergleichen unterhalten, rechne ich zum Beispiel zur Geselligkeit.«

Clarisse klapperte mit ein paar Kastanien, die sie vor dem Haus aufgehoben hatte. »Oder darüber, wie seltsam die Welt ist. Es ist hübsch, mit Leuten zusammenzusein. Aber eine Anzahl Leute zusammentrommeln und sie dann nicht reden lassen, das kann man doch nicht Geselligkeit nennen. Eine Fernsehstunde, eine Stunde Korbball oder Schlagball oder Wettlaufen, eine Stunde Diktat oder Bildermalen, und dann wieder Turnen, aber wissen Sie, wir kommen nie dazu, Fragen zu stellen, oder jedenfalls die wenigsten von uns, man wirft uns einfach die Antworten hin, ping ping ping, und wir sitzen wieder einmal vier Stunden lang da vor einem Filmlehrer. Das hat doch mit Geselligkeit nichts zu tun. Man trichtert uns eine Menge ein, schüttet Wasser in den Trichter, unten läuft es wieder aus, und dann behauptet man noch, es sei Wein. Bis der Tag zu Ende ist, sind wir so erledigt, daß uns nichts anderes übrig bleibt, als zu Bett zu gehen oder auf einen Rummelplatz, um Leute zu belästigen, Fenster einzuwerfen in der Scheibenschmeißerbude oder Autos zu zertrümmern in der Autozertrümmerungshalle mit der großen Stahlkugel. Oder mit dem Auto durch die Straßen zu rasen, um zu sehen, wie scharf man an Laternenpfählen vorbeiflitzen kann, oder zickzack zu fahren oder Radkappen zu rammen. Es stimmt wahrscheinlich doch, was man von mir sagt. Ich habe keine Freunde oder Freundinnen. Damit ist angeblich bewiesen, daß ich nicht normal bin. Aber alle, die ich kenne, ziehen lärmend und tanzend herum oder liefern sich Schlägereien. Ist Ihnen auch schon aufgefallen, wie gewalttätig die Leute heutzutage sind?«

»Du redest, als seist du weiß wie alt.«

»Manchmal bin ich uralt. Ich habe Angst vor meinen Altersgenossen. Sie bringen einander um. War das schon immer so? Mein Onkel bestreitet es. Sechs meiner Freunde und Freundinnen sind allein im letzten Jahr erschossen worden. Zehn sind bei Autounfällen umgekommen. Ich fürchte mich vor ihnen, und sie mögen mich nicht leiden, weil ich mich fürchte. Onkel behauptet, sein Großvater habe sich noch an eine Zeit erinnert, als Kinder einander nicht umbrachten. Aber das ist lange her, damals war überhaupt alles anders. Man glaubte an ein Verantwortungsgefühl, behauptet mein Onkel. Ich habe ein Verantwortungsgefühl, müssen Sie wissen. Man hat mich übers Knie genommen, vor Jahren, als es not tat. Und ich besorge alle Einkäufe und das Reinemachen von Hand.«

»Aber am liebsten«, fuhr sie fort, »beobachte ich Menschen. Manchmal fahre ich den ganzen Tag mit der U-Bahn und sehe mir die Leute an und höre ihnen zu. Ich möchte gar zu gern wissen, wer sie sind und was sie wollen und wohin sie fahren. Gelegentlich gehe ich sogar auf die Rummelplätze oder mache mit, wenn die Turbinenautos spät nachts am Stadtrand Rennfahrten veranstalten und die Polizei ein Auge zudrückt, solange sie versichert sind. Solange jeder für fünfzigtausend versichert ist, kann ihm keiner. Manchmal drücke ich mich so herum und halte in der U-Bahn die Ohren offen. Oder in den Kaffeestuben, und wissen Sie was?«

»Was denn?«

»Die Leute reden über gar nichts.«

»Über irgend etwas werden sie doch reden.«

»Nein, über gar nichts. Sie erwähnen meist nur Automarken oder Kleider oder Schwimmbäder und sagen ›einfach toll!‹ Aber alle sagen dasselbe, niemand fällt je etwas anderes ein. Und in den Kaffeestuben läuft meistens die Witzkiste mit denselben Witzen wie überall, oder die musikalische Wand ist angeknipst mit den Farbenspielen, die darüber hinlaufen, aber eben nur Farben und alles abstrakt. Und in den Museen, sind Sie da jemals gewesen? *Alles* abstrakt. Etwas anderes gibt es heute nicht mehr. Onkel behauptet, früher sei es nicht so gewesen, da hätten die Bilder manchmal etwas bedeutet oder sogar Leute dargestellt.«

»Onkel behauptet, Onkel behauptet. Ihr Onkel muß ein bemerkenswerter Mensch sein.«

»Ist er auch. Bestimmt sogar. Leider muß ich jetzt gehen. Auf Wiedersehen, Herr Montag.«

»Wiedersehen.«

»Wiedersehen...«

Ein zwei drei vier fünf sechs sieben Tage: die Feuerwache.

»Montag, du bist so flink die Stange hinauf wie ein Specht auf den Baum.«

Dritter Tag.

»Montag, wie ich sehe, bist du heute hinten hereingekommen. Macht dir der Hund zu schaffen?«

»Nein, nein.«

Vierter Tag.

»Montag, hast du schon so was gehört. In Seattle hat ein Feuerwehrmann den Mechanischen Hund absichtlich auf seinen eigenen chemischen Komplex eingestellt und losgelassen. Was hältst du von dieser Art von Selbstmord?«

Fünf sechs sieben Tage.

Und dann blieb Clarisse aus. Er wußte nicht, was es mit dem Nachmittag auf sich hatte, aber es lag daran, daß er sie nirgends sah. Der Rasen war verlassen, die Bäume waren verlassen, die Straße war verlassen, und während er sich zuerst überhaupt nicht bewußt war, daß er sie vermißte oder gar suchte, verhielt es sich doch so, daß sich in ihm, als er bis zur U-Bahn gekommen war, eine leise Unruhe regte. Etwas fehlte, der gewohnte Gang der Dinge war gestört worden. Nur eine unbedeutende Gewohnheit allerdings, in die er sich in wenigen Tagen eingelebt hatte, und doch...? Fast wäre er nochmals umgekehrt, um ihr Gelegenheit zu geben, doch noch aufzutauchen. Er war überzeugt, wenn er nochmals denselben Weg ginge, würde sich alles zum Guten wenden. Aber es war schon spät, und die Ankunft seines Zuges verhinderte, daß er etwas unternahm.

Das Mischen von Karten, das Rücken von Stühlen, die eintönige Litanei der sprechenden Uhr von der Decke herab: »... ein Uhr fünfunddreißig Minuten. Donnerstag, den vierten November, ein Uhr sechsunddreißig... ein Uhr siebenunddreißig...«, das Hinknallen der Karten auf den schmierigen Tisch, all die Geräusche durchbrachen die Schranke, die Montag mit dem Schließen der Augen vorübergehend errichtet hatte. Sie vermittelten ihm ein Bild der Feuerwache, ganz Gefunkel und Glanz und Stille, ganz messingfarben, münzfarben, Gold und Silber. Die Männer, die er nicht sah, hörte er über ihren Karten stöhnen, während sie warteten. »... ein Uhr fünfundvierzig...« Die sprechende Uhr verkündete trostlos die kalte Stunde eines kalten Morgens eines noch kälteren Jahres.

»Was fehlt dir, Montag?«

Montag schlug die Augen auf.

Im Rundfunk eine leise Stimme: »...der Kriegsausbruch ist nur noch eine Frage von Stunden. Unser Land ist bereit zur Verteidigung seiner...«

Das Gebäude erbebte, als ein Geschwader von Düsenflugzeugen mit einem einzigen Pfeifen am schwarzen Nachthimmel vorüberbrauste.

Montag zwinkerte, während der Hauptmann ihn ansah, als wäre er ein Museumsstück. Er war darauf gefaßt, Beatty aufstehen zu sehen, gleich würde Beatty ihn ringsum betrachten und betasten und auf seine Befangenheit und sein Schuldgefühl hin untersuchen. Schuldgefühl? Was für ein Schuldgefühl denn?

»Du bist an der Reihe, Montag.«

Montag sah sich die Männer an, deren Gesichter verbrannt waren von tausend wirklichen und zehntausend erträumten Bränden, diese Männer, denen der Beruf die Wangen rötete und die Augen mit einem fieberhaften Glanz füllte, die ohne ein Wimperzucken in die Flamme ihres Feuerzeugs schauten, mit dem sie ihre ewigen schwarzen Pfeifen anzündeten. Diese Männer mit ihrem schwarzen Haar und den rußfarbenen Brauen und der wie von Asche bläulich verschmierten Haut, wo sie glatt rasiert waren, sie konnten ihr Erbe nicht verleugnen. Montag fuhr hoch, mit offenem Mund. War ihm jemals ein Feuerwehrmann vorgekommen, der nicht schwarzes Haar, schwarze Brauen, ein brandiges Gesicht und eine stahlblau rasierte und doch unrasiert wirkende Haut hatte? Diese Männer waren Ebenbilder seiner selbst! Wurden denn Feuerwehrleute auch nach dem Aussehen, nicht nur nach ihrer Veranlagung erkoren? Sie hatten alle etwas Aschgraues, verbreiteten mit ihren Pfeifen einen ständigen Brandgeruch. Hauptmann Beatty, qualmumwölkt, erhob sich, öffnete ein neues Päckchen Tabak, zerknitterte die Zellophanhülle und ließ sie knisternd in Flammen aufgehen.

Montag besah sich die Karten in seiner Hand. »Ich – ich war in Gedanken bei dem Feuer von voriger Woche. Ich dachte an den Mann, dessen Bibliothek wir erledigten. Was geschah mit ihm?«

»Er wurde schreiend in eine Irrenanstalt eingeliefert.«

»Er war doch nicht geistesgestört.«

Beatty ordnete gelassen seine Karten. »Jeder ist geistesgestört, der wähnt, er könne die Regierung und uns hintergehen.«

»Ich suchte mir vorzustellen«, sagte Montag, »wie einem dabei zumute ist. Ich meine, wenn die Feuerwehr *unsere* Häuser und *unsere* Bücher anzündete.«

»Wir haben keine Bücher.«

»Aber wenn wir welche hätten.«

»Hast du denn welche?«

Beatty klappte einmal mit den Lidern.

»Nein.« Montag sah über die andern hinweg auf die Wand mit den maschinengeschriebenen Verzeichnissen einer Million verbotener Bücher. Ihre Namen gingen unter seinem Schlauch, der nicht Wasser, sondern Kerosin hergab, jahraus, jahrein in Flammen auf. »Nein.« In seinem Innern jedoch erhob sich ein kühler Wind und wehte aus der Lüftungsklappe zu Hause, ganz sanft, bis ihn fror. Und dann sah er sich in einer grünen Anlage mit einem alten Mann reden, einem ganz alten Mann, und der Wind aus der Anlage wehte ebenfalls kalt.

Montag zögerte. »War - war das schon immer so? Die Feuerwehr, unser Dienst? Ich meine, es war einmal...«

»Es war einmal!« höhnte Beatty. »Was ist denn das für ein Gerede?«

Trottel, der ich bin, dachte Montag bei sich, ich werde mich noch verraten. Beim letzten Brand, ein Märchenbuch, er hatte eine einzige Zeile mit dem Blick erfaßt. »Ich wollte sagen, einst vor Zeiten, als die Häuser noch nicht völlig feuerfest waren –« Mit einmal war ihm, als spreche aus ihm eine viel jüngere Stimme. Er tat den Mund auf, und es war Clarisse McClellan, die sagte: »Hat damals die Feuerwehr nicht eher dem Feuer gewehrt, als selber Feuer zu legen?«

»Das ist nicht schlecht!« Stoneman und Black zogen ihr Dienstreglement hervor, das auch einen Überblick über die Geschichte des amerikanischen Feuerwehrwesens enthielt, und wiesen Montag auf die ihm wohl bekannte Stelle hin, wo es hieß:

»Eingeführt 1790, um englisch-verseuchte Bücher in den Kolonien zu verbrennen. Erster Feuerwehrmann: Benjamin Franklin.«

Regel:
1. Leiste dem Alarm sofort Folge.
2. Lege rasch Feuer.
3. Verbrenne alles.
4. Melde dich sofort zurück.
5. Stehe für den nächsten Alarm bereit.

Alle beobachteten Montag, der sich nicht rührte.

Der Alarm ertönte.

Die Glocke an der Decke schlug zweihundertmal an. Plötzlich standen vier leere Stühle da. Wie Schneegestöber flatterten die Karten zu Boden. Die Messingstange bebte. Kein Mensch war mehr da.

Montag saß auf seinem Stuhl. Drunten erwachte der feuergelbe Drache fauchend zum Leben.

Wie im Traum rutschte Montag die Stange hinunter. Der Mechanische Hund in der Hütte sprang auf, mit grünflackernden Lichtern.

»Montag, du hast ja den Helm vergessen!«

Er langte ihn von der Mauer hinter ihm, lief, sprang auf, und los ging's in den Nachtwind hinein, der das Heulen ihrer Sirene und ihr metallisches Donnergetöse umbrauste.

Es war ein unansehnliches, dreistöckiges Haus im ältesten Teil der Stadt, mindestens hundert Jahre alt, aber wie alle Häuser mit einem dünnen, feuerfesten Plastiküberzug versehen, und diese Schutzhülle schien das einzige zu sein, was es noch aufrechterhielt.

»Da wären wir!«

Kreischend kam die Feuerspritze zum Stehen. Beatty, Stoneman und Black liefen über den Gehsteig, plötzlich widerwärtig und plump in ihren klobigen, feuersicheren Mänteln. Montag folgte.

Sie schlugen die Haustür ein und packten eine Frau, obwohl sie gar nicht flüchtete. Sie stand nur da, schwankend, den leeren Blick auf die Wand geheftet, als hätte sie soeben einen schweren Schlag über den Kopf bekommen. Lautlos mit der Zunge lallend, schien sie sich etwas in Erinnerung rufen zu wollen, und dann leuchtete es in ihren Augen auf, und sie sagte:

»›Seid ein Mann, Meister Ridley; wir werden heute, so Gott will, in England eine Kerze anzünden, wie sie wohl nie mehr auszulöschen ist‹.«

»Verschonen Sie uns damit«, sagte Beatty. »Wo sind sie?«

Er schlug ihr mit erstaunlicher Sachlichkeit ins Gesicht und wiederholte die Frage. Die alte Frau sah ihn voll an. »Sie wissen genau, wo sie sind, sonst wären Sie nicht hier«, versetzte sie.

Stoneman hielt ihr die telephonische Meldung unter die Nase, mit der Anzeige auf der Rückseite:

»Habe das Dachgeschoß im Verdacht; Elmstr. 11, Altstadt.

E. B.«

»Das dürfte Frau Blake sein, von nebenan«, sagte die Frau, als sie die Anfangsbuchstaben las.

»Also ran, Leute!«

Im Nu waren sie droben in muffiger Dunkelheit, schwangen die blitzenden Beile gegen Türen, die sich als unverschlossen erwiesen, stürmten hinein, lärmig wie eine Schar Lausbuben. »He!« Eine Kaskade von Büchern ergoß sich über Montag, als er schaudernd die steile Stiege erklomm. Wie peinlich. Bisher war es immer eine Kleinigkeit gewesen. Die Polizei fuhr zuerst hin, schloß dem Opfer mit Klebstreifen den Mund und führte es in ihren schnittigen Wagen ab, so daß die Feuerwehr bei ihrer

Ankunft ein leeres Haus vorfand. Man tat niemandem weh, höchstens den Dingen. Und da die Dinge gefühllos waren und nicht schreien oder winseln konnten, wie diese Frau es vielleicht noch tun würde, hatte man später ein unbeschwertes Gewissen. Man räumte lediglich auf. Hauswartsarbeit, im Grunde. Alles an den gehörigen Ort. Rasch, das Kerosin! Wer hat ein Streichholz?

Diesmal indessen hatte etwas nicht geklappt. Die Frau wirkte störend. Droben machten die Männer unnötig viel Lärm, mit Gelächter und Gejohle, um die furchtbare, vorwurfsvolle Stille drunten zu übertönen. Die Frau schwieg, aber die leeren Räume widerhallten so laut von der stillschweigenden Anklage, daß ein feiner Staub von Beklommenheit herabrieselte, von dem sie beim Herumfuhrwerken die Nase voll bekamen. Es war gegen alle Spielregeln. Montag fand die Frau höchst fehl am Ort. Sie hätte nicht hier sein dürfen, das wäre ja noch schöner. Bücher prallten ihm gegen Schultern, Arme, Gesicht. Eines davon landete, beinahe fügsam, in seiner Hand, wie eine Taube mit flatternden Flügeln. Eine offen herabhängende Seite wirkte im schummrigen Dämmerlicht wie eine einzelne weiße Feder, mit zart darauf gemalten Worten. Bei dem aufgeregten Betrieb konnte Montag mit knapper Not eine Zeile erhaschen, aber sie loderte minutenlang in seinem Gemüt, wie mit glühendem Stempel eingeprägt. »Die Zeit ist eingeschlafen in der Nachmittagssonne.« Er ließ das Buch fallen. Gleich darauf flog ihm ein anderes in die Hände.

»Montag, hier rauf!«

Montags Hand klappte zu wie ein Rachen, drückte das Buch mit gieriger Gedankenlosigkeit an die Brust. Die Leute droben schleuderten unterdessen Zeitschriften schaufelweise in die staubige Tiefe. Wie abgeschossene Vögel stürzten sie hinab, wo die Frau stand, klein und verloren, inmitten der Leichen.

Montag hatte nichts getan. Seine Hand hatte alles allein getan. Seine Hand, mit eigenem Denkvermögen, mit eigenem Wissen und Gewissen in jedem zitternden Finger, war zum Dieb geworden. Jetzt steckte sie das Buch unter den Arm, drückte es fest in die schweißige Achselhöhle hinein, schoß leer wieder hervor, wie die Hand eines Zauberkünstlers. Sieh doch her! Unschuldig! Sieh doch!

Verstört betrachtete er die weiße Hand. Er hielt sie von sich ab, als wäre er weitsichtig. Er hielt sie sich unter die Augen, als könne er nicht gut sehen.

»Montag!«

Er fuhr herum.

»Bleib doch nicht dort stehen, du Schafskopf!«

Wie Fische, zum Dörren aufgeschüttet, lagen die Bücher da. Die Leute sprangen auf ihnen herum, glitten aus, stürzten hin. Goldene Titel leuchteten im Fallen auf, waren weg.

»Kerosin!«

Sie pumpten die kalte Flüssigkeit aus den Behältern, die sie auf den Rücken geschnallt trugen: 451 stand darauf. Jedes einzelne Buch erhielt einen Guß, ganze Zimmer wurden getränkt.

Dann eilten sie nach unten. Montag taumelte hinterher in den Kerosindämpfen.

»Weg mit der Frau!«

Sie kniete inmitten der Bücher, befühlte Leder und Pappe, die sich vollgesogen hatten, las die vergoldeten Titel mit den Fingerspitzen, während sie Montag vorwurfsvoll anblickte.

»Meine Bücher kriegt ihr nie«, erklärte sie.

»Sie kennen doch die Gesetze«, entgegnete Beatty, »wo bleibt Ihr gesunder Menschenverstand? Keines dieser Bücher stimmt mit den andern überein. In Ihrem Kopf muß ja seit Jahren eine verfluchte Sprachverwirrung geherrscht haben. Nehmen Sie doch Vernunft an! Die Leute in diesen Schmökern hat es überhaupt nie gegeben. Gehen Sie jetzt mit.«

Sie schüttelte den Kopf.

»Das ganze Haus fliegt auf«, bedeutete ihr Beatty.

Die andern stolperten zur Tür, warfen einen Blick zurück nach Montag, der bei der Frau stehengeblieben war.

»Ihr wollt sie doch nicht hier lassen?« protestierte er.

»Sie will nicht kommen.«

»Dann entfernt sie doch mit Gewalt!«

Beatty hob die Hand, in der sich sein Feuerzeug barg. »Wir sollten längst zurück sein. Außerdem drohen diese Fanatiker immer mit Selbstmord, das kennen wir.«

Montag faßte die Frau am Ellbogen. »Sie können mit mir kommen.«

»Nein«, sagte sie. »Immerhin, besten Dank.«

»Ich zähle bis zehn«, erklärte Beatty. »Eins, zwei.«

»Bitte«, rief Montag.

»Gehen Sie zu«, sagte die Frau.

»Drei. Vier.«

Montag zupfte an der Frau. Sie erwiderte ruhig: »Ich bleibe hier.«

»Fünf. Sechs.«

»Sie können sich das Zählen ersparen«, bemerkte die Frau. Sie tat die Finger der einen Hand ein wenig auseinander, und in dieser Hand steckte ein einzelnes schmales Ding.

Ein gewöhnliches Streichholz.

Bei dem Anblick stürzten die Leute hinaus und vom Haus weg. Hauptmann Beatty wahrte seine Würde, indes er langsam rückwärts zur Tür hinausging, das gerötete Gesicht verbrannt und funkelnd von tausend Bränden und nächtlichen Erlebnissen. Richtig, dachte Montag, der Alarm kommt ja immer nachts. Nie bei Tage. Geschieht es, weil sich das Feuer bei Nacht hübscher ausnimmt, ein schöneres Schauspiel bietet? Beattys Miene verriet nun doch einen Anflug panischen Schreckens, als er unter der Tür stand. Die Hand mit dem Streichholz zuckte, um die Frau wallten die Kerosindämpfe auf. Montag fühlte das verborgene Buch wie ein Herz gegen seine Rippen pochen.

»Gehen Sie zu«, sagte die Frau nochmals, und Montag wich unwillkürlich zurück und zur Tür hinaus, hinter Beatty her, die Stufen hinunter, über den Rasen, wo sich die Kerosinspur hinzog wie die Spur einer abscheulichen Schnecke.

Reglos stand die Frau unter dem Vorbau und sah mit einem Schweigen herüber, das einer Verurteilung gleichkam.

Beatty schnipste mit den Fingern, das Kerosin zu entzünden.

Er kam zu spät. Montag verschlug es den Atem.

Voll Verachtung streckte die Frau die Hand aus und riß das Streichholz am Geländer an.

Die ganze Straße entlang kamen die Leute aus den Häusern gerannt.

Auf dem Rückweg zur Feuerwache wurde nicht gesprochen. Keiner sah den andern an. Montag saß mit Beatty und Black auf dem Vordersitz. Sie rauchten nicht einmal ihre Pfeifen, saßen bloß da und schauten vorne zu dem großen Salamander hinaus, der eben eine Kurve nahm. Stillschweigend ging es weiter.

»Meister Ridley«, sagte Montag schließlich.

»Wie?« fragte Beatty.

»Sie hat ›Meister Ridley‹ gesagt. Irgend etwas Sinnloses, als wir hereinkamen. ›Seid ein Mann, Meister Ridley‹, sagte sie, und dann noch was dazu.«

»›Wir werden heute, so Gott will, in England eine Kerze anzünden, wie sie wohl nie mehr auszulöschen ist‹«, ergänzte Beatty. Verdutzt schaute Stoneman zu ihm herüber; Montag desgleichen.

Beatty rieb sich das Kinn. »Ein Mann namens Latimer sagte es zu einem andern namens Nicholas Ridley, am 16. Oktober 1555, als sie in Oxford wegen Ketzerei bei lebendigem Leibe verbrannt wurden.«

Montag und Stonemann wandten sich wieder dem Anblick der Straße zu, die vorne unter die Räder kam.

»Ich bin die reine Auskunftei«, bemerkte Beatty. »Ein Feuerwehrhauptmann muß das sein. Manchmal setze ich mich selbst in Erstaunen. Paß auf, Stoneman!«

Stoneman bremste.

»Verflucht!« sagte Beatty. »Du bist an der Straße vorbeigefahren, wo wir nach der Wache abschwenken.«

»Wer ist da?«

»Wer wohl?« antwortete Montag und lehnte sich drinnen im Dunkeln gegen die Tür, als sie wieder zu war.

Schließlich sagte seine Frau: »Dann mach doch Licht.«

»Ich will kein Licht.«

»Dann komm zu Bett.«

Er hörte, wie sie sich unwirsch auf die andere Seite legte; die Federung knarrte.

»Bist du betrunken?« wollte sie wissen.

Es war also die Hand, die alles angerichtet hatte. Er bemerkte, wie die eine Hand und dann die andere ihn des Rockes entledigten und diesen auf den Boden sacken ließen. Er hielt die Hosen über einen Abgrund hinaus, und das Dunkel verschluckte sie. Seine Hände waren verseucht, und bald würden es auch seine Arme sein. Schon spürte er, wie das Gift die Handgelenke hinauf und in die Ellbogen und die Schultern kroch, um dann wie ein Funke vom einen Schulterblatt zum andern überzuspringen. Seine Hände waren von einem Heißhunger befallen. Auch seine Augen begannen Hunger zu verspüren, als müßten sie irgend etwas und alles verzehren.

»Was machst du denn eigentlich?« fragte seine Frau.

Er schwankte, mit dem Buch in der Hand, die kalter Schweiß bedeckte.

Eine Weile darauf sagte sie: »Steh doch nicht einfach mitten im Zimmer herum.«

Ein leises Stöhnen entrang sich ihm.

»Wie?« fragte sie.

Er gab weitere Laute von sich, stolperte zu seinem Bett und steckte das Buch mit Mühe unter das kalte Kissen, plumpste ins Bett und seine Frau, verblüfft, rief etwas herüber. Er lag weit weg von ihr auf der andern Seite des Zimmers, auf einer winterlichen Insel, durch eine Wasserwüste getrennt. Sie redete mit ihm die längste Zeit, wie ihm schien, redete über dies und das, und es waren nur Wörter, wie die Wörter, die er einst bei einem Freund im Kinderzimmer von einem zweijährigen Mädchen gehört, das

Sprechversuche machte, Laute zu gefälligen Mustern verband, akustische Seifenblasen steigen ließ. Montag erwiderte nichts, und nach geraumer Zeit, als er immer nur vor sich hinstöhnte, wurde er inne, wie sich drüben etwas regte und Mildred an sein Bett trat und stehen blieb und die Hand ausstreckte, um seine Wange zu betasten. Er wußte, die Hand, die sie zurückzog, war naß.

Spät in der Nacht sah er zu Mildred hinüber. Sie war noch wach. Eine leise Musik schwirrte in der Luft; sie hatte sich die Funkmuschel wieder ins Ohr geklemmt und hörte Leuten zu, die weit weg waren. Mit offenen Augen lag sie da und starrte zur unermeßlich dunkeln Zimmerdecke empor.

Gab es nicht den alten Witz von der Frau, die so viel am Telephon sprach, daß ihr Mann in seiner Verzweiflung zur nächsten Straßenecke lief und sie dort von einer Fernsprechzelle aus fragte, was es zum Abendessen gebe? Nun, warum kaufte er sich dann nicht einen Rundfunksender, um spät nachts mit seiner Frau zu sprechen, leise, laut, schreiend, gellend? Aber was wollte er ihr zuraunen, zuschreien? Was konnte er ihr eigentlich sagen?

Und plötzlich kam sie ihm so fremd vor, daß er nicht mehr wußte, ob er sie überhaupt kannte. Er befand sich im Hause eines andern, wie jener Betrunkene, der nach Hause kommt, sich in der Tür irrt, ein falsches Zimmer betritt, zu einer Unbekannten ins Bett steigt, am Morgen früh aufsteht und zur Arbeit geht, ohne daß die beiden etwas gemerkt hätten.

»Millie . . .?« sagte er leise.

»Was?«

»Ich wollte dich nicht erschrecken. Ich möchte bloß wissen . . .«

»Nun?«

»Wann sind wir zusammengekommen? Und wo?«

»Zusammengekommen wozu?«

»Ich meine – ursprünglich.«

Er ahnte, daß sie im Dunkeln die Stirn runzelte, und erklärte: »Wann haben wir uns kennengelernt, und wo war das?«

»Ja, das war doch –«

Sie brach ab.

»Ich weiß es nicht mehr«, sagte sie.

Ihn fror. »Erinnerst du dich nicht?«

»Es ist schon so lange her.«

»Erst zehn Jahre, nicht mehr, erst zehn!«

»Reg dich nicht auf, ich will nachdenken.« Sie lachte auf, ein merkwürdiges Lachen die Tonleiter hinauf.

»Komisch, sich nicht zu erinnern, wann man seinen Mann oder seine Frau kennengelernt hat.«

Er rieb sich die Augen, die Stirn, den Nacken, langsam, bedächtig, drückte die Hände gegen die Augen, als wollte er dem Gedächtnis nachhelfen. Es war auf einmal wichtiger als alles andere, zu wissen, wie er Mildred kennengelernt hatte.

»Es ist ja einerlei.« Sie war aufgestanden, befand sich jetzt im Badezimmer. Er hörte das Wasser laufen und die Schluckgeräusche, die sie machte.

»Mag sein«, sagte er.

Er suchte zu zählen, wie oft sie schluckte, und dachte an den Besuch der beiden Kerle mit den Zigaretten zwischen den Lippen und an die Schlange mit dem Elektronenauge, die sich hinunterwand in eine Schicht nach der andern, Schichten von Nacht, Gestein und fauligem Wasser, und er wollte ihr zurufen, wieviele hast du heute nacht genommen, von den Kapseln, wieviele wirst du später noch nehmen, ohne es zu wissen? und so fort, stündlich, und wenn nicht heute nacht, dann vielleicht morgen nacht! Wo ich doch selber nicht schlafen kann heute nacht und morgen nacht und überhaupt für lange Zeit nicht mehr, jetzt da diese Geschichte angefangen hat. Und er dachte daran, wie sie auf dem Bett gelegen hatte, mit den beiden Technikern daneben, nicht besorgt über sie gebeugt – aufrecht mit verschränkten Armen. Und er entsann sich, daß er damals dachte, wenn sie stirbt, werde ich bestimmt nicht weinen. Es wäre ja nur der Tod einer Unbekannten, eines Gesichts von der Straße, einer Abbildung aus der Zeitung, und das war ihm plötzlich so unrecht vorgekommen, daß er zu weinen begann, nicht über die Tote, sondern beim Gedanken, über die Tote nicht weinen zu können, ein dummer, hohler Mann neben einer dummen, hohlen Frau, und die Schlange höhlte sie noch mehr aus.

Wie wird man bloß so hohl? fragte er sich. Wer holt es aus einem heraus? Und dann diese entsetzliche Blume letzthin, der Löwenzahn! Damit war doch alles gesagt gewesen, nicht? »Schade, Sie sind gar nicht verliebt!« Warum eigentlich nicht?

Nun, stand denn nicht eine Wand zwischen ihm und Mildred, wenn man es bedachte? Buchstäblich nicht nur eine Wand, sondern vorläufig deren drei! Und dazu noch teuer. Und diese Onkels, diese Tanten, die Vettern und Basen, die Nichten und Neffen, die in diesen drei Wänden lebten, das ganze schnatternde Pack von Affen, das nichts sagte, nichts, nichts, und es laut sagte, laut, laut. Er hatte sie von Anfang an »die Verwandtschaft« getauft. »Wie geht es Onkel Ludwig heute?« – »Wem?« – »Und Tante Frieda?« Wenn er an Mildred dachte, dann dachte er gleichsam an ein kleines Mädchen, das in einen Wald ohne Bäume geraten war (wie traumhaft), oder eher an eines, das sich in einem Flachland verirrt hatte, wo einst Bäume gestanden hatten (man spürte noch ringsum eine Erinnerung an ihre Gestalt), und mitten im Wohnzimmer saß, in welchem die Wände ständig mit Mildred sprachen, ganz gleich, wann er hereinkam.

»Es muß etwas geschehen!«

»Ja, etwas muß *geschehen*!«

»Wozu stehen wir dann herum und reden?«

»Es gilt zu *handeln*!«

»Ich platze fast vor Wut!«

Wovon handelte das alles? Mildred vermochte es nicht zu sagen. Wer hatte eine Wut auf wen? Mildred wußte es nicht genau. Was sollte geschehen? Halt dich in der Nähe, sagte Mildred, und du wirst es erfahren.

Er hatte sich in der Nähe gehalten, um es zu erfahren.

Ein Donnergetöse entlud sich von den Wänden. Musik drang mit solcher Lautstärke auf ihn ein, daß es ihm fast die Knochen ausrenkte; er spürte seinen Unterkiefer wackeln und die Augen im Kopf. Die reine Gehirnerschütterung. Als alles vorbei war, kam es ihm vor, als habe man ihn von einer hohen Klippe heruntergestoßen, als sei er auf einem Teufelsrad herumgewirbelt und in einen Wasserfall hinausgeschleudert worden, um in eine Leere hinabzustürzen und nie – ganz – auf Grund – zu stoßen – nie – nie – ganz – nein, nicht ganz – auf Grund – zu stoßen... und man stürzte so rasend, daß man auch an den Seiten nicht anstieß – nie – ganz – auf irgend etwas - stieß.

Das Getöse verklang. Die Musik erstarb.

»Das wär's gewesen«, sagte Mildred.

Und es war in der Tat bemerkenswert. Etwas war geschehen. Obwohl die Leute in den Wänden des Zimmers sich kaum von der Stelle gerührt hatten und eigentlich nichts erledigt worden war, hatte man den Eindruck, jemand habe eine Waschmaschine angestellt oder einen in ein gewaltiges Vakuum hineingesaugt. Man ertrank in Musik und Mißklang. Schweißbedeckt hatte er das Zimmer verlassen, einem Zusammenbruch nahe. Hinter ihm saß Mildred auf ihrem Stuhl, und die Stimmen setzten wieder ein.

»Jetzt wird alles wieder gut«, sagte eine der Tanten.

»Das ist noch nicht ganz raus«, widersprach ein Vetter.

»Sei nur nicht ungehalten!«

»Wer ist ungehalten?«

»Du!«

»Ich?«

»Du bist böse auf mich!«

»Warum sollte ich böse sein auf dich?«

»Deshalb!«

»Alles gut und schön«, rief Montag, »aber *worüber* sind sie denn böse? Wer sind überhaupt diese Leute? Wer ist dieser Mann und wer ist diese Frau? Sind sie verheiratet oder geschieden oder verlobt oder was sonst? Du lieber Himmel, es ist überhaupt kein Zusammenhang da.«

»Die beiden –« begann Mildred. »Nun, sie – sie bekamen Streit, weißt du. Sie streiten sich den ganzen Tag herum. Du solltest es dir anhören. Ich glaube, sie sind verheiratet. Ja, sie sind verheiratet. Warum?«

Und wenn es nicht die drei Wände waren, die sich bald zu vier Wänden auswachsen sollten, damit der Traum vollkommen sei, dann war es der offene Wagen, den Mildred mit hundertfünfzig Stundenkilometern durch die Stadt fuhr, und wenn er ihr etwas zuschrie, schrie sie etwas zurück, ohne daß sie einander verstanden. »Bleib wenigstens auf dem Minimum!« schrie er. »Wie?« schrie sie zurück. »Bleib auf achtzig, dem Minimum!« schrie er. »Auf was?« kreischte sie. »Die Geschwindigkeit«, suchte er zu erklären. Und sie ging auf hundertfünfundfünfzig Kilometer, daß es ihm den Atem verschlug.

Wenn sie dann aus dem Wagen stiegen, hatte sie ihre Funkmuscheln im Ohr.

Stille. Nur das leise Wehen des Windes.

»Mildred.« Er drehte sich im Bett um.

Dann langte er hinüber und zog ihr eines der winzigen musikalischen Insekten aus dem Ohr. »Mildred. Mildred?«

»Ja.« Wie von weither.

Er hatte das Gefühl, eine der Gestalten zu sein, die sich elektronisch zwischen den Scheiben der Tonfarbwände bewegten; er sprach, aber ohne daß seine Worte die Schranke aus Glas durchbrachen. So konnte er es nur noch mit stummem Spiel versuchen, in der Hoffnung, sie werde sich nach ihm umdrehen und ihn sehen. Berühren konnten sie sich durch die Glaswand nicht.

»Mildred, du kennst doch das Mädchen, von dem ich dir erzählte.«

»Was für ein Mädchen?« Sie war am Einschlafen.

»Das Mädchen von nebenan.«

»Welches Mädchen von nebenan?»

»Du weißt doch, das Schulmädchen. Clarisse heißt es.«

»Ach so«, sagte seine Frau.

»Ich habe es seit ein paar Tagen nicht mehr gesehen - seit vier Tagen, genau gesprochen. Hast du es gesehen?«

»Nein.«

»Ich wollte mit dir über das Mädchen reden. Merkwürdig.«

»Ach, jetzt weiß ich, wen du meinst.«

»Ich dachte, daß du es kennst.«

»Doch«, sagte Mildred im Dunkeln.

»Was ist mit ihm?« fragte Montag.

»Ich wollte es dir sagen. Hab es ganz vergessen.«

»Sag es mir jetzt. Was war's denn?«

»Es ist nicht mehr da.«

»Nicht mehr da?«

»Die ganze Familie ist weggezogen. Aber das Mädchen ist ein für allemal weg. Ich glaube, es ist tot.«

»Dann sprechen wir nicht von demselben Mädchen.«

»Doch. Dasselbe. McClellan. McClellan. Ist überfahren worden vor vier Tagen. Ich bin nicht sicher, aber ich glaube, es ist tot.«

»Du weißt es nicht genau?«

»Nein, nicht genau. Ziemlich sicher.«

»Warum hast du es mir nicht gleich erzählt?«

»Hab's vergessen.«

»Vor vier Tagen!«

»Ich habe es eben vergessen.«

»Vor vier Tagen«, sagte er vor sich hin, während er dalag.

Da lagen sie in dem dunklen Zimmer, ohne sich zu rühren.

»Gute Nacht«, sagte sie.

Er hörte etwas knistern. Ihre Hand bewegte sich. Der elektrische Fingerhut kroch wie eine Fangheuschrecke über das Kissen, von ihrer Hand geführt. Jetzt stak er wieder in ihrem Ohr und summte.

Auch seine Frau summte leise vor sich hin.

Draußen vor dem Haus bewegte sich ein Schatten. Ein Herbstwind sprang auf und legte sich wieder. Aber Montag hörte noch etwas anderes. Es war, als würde ans Fenster gehaucht, wie ein Fetzen grünlich schimmernden Rauches, wie ein mächtiges Oktoberblatt, das über den Rasen hin schwebte.

Der Mechanische Hund, dachte er. Der Hund ist heute nacht

dort draußen. Er steht jetzt vor dem Haus. Wenn ich das Fenster aufmachte . . .

Er machte das Fenster nicht auf.

Am Morgen hatte er Fieber.

»Du wirst doch nicht krank sein«, sagte Mildred.

Er schloß die Augen über der innern Hitze. »Doch.«

»Gestern abend warst du noch wohl.«

»Nein, mir war nicht gut.« Er hörte die »Verwandtschaft« in der Stube lärmen.

Mildred trat neugierig an sein Bett. Er merkte, daß sie da stand, er sah sie über sich, ohne die Augen aufzumachen, ihr Haar von Chemikalien zu sprödem Stroh zerfressen, die Augen mit einer Art Star, den man nicht sah, nur ahnte, weit hinter den Pupillen, die rotbemalten, aufgeworfenen Lippen, der von Abmagerungskuren ausgemergelte Leib, das Fleisch weiß wie Kochspeck. Er konnte sie sich nicht anders vorstellen.

»Bring mir bitte ein Aspirin und Wasser.«

»Du mußt aufstehen«, sagte sie. »Es ist Mittag. Du hast fünf Stunden länger geschlafen als sonst.«

»Stell bitte die Stube ab«, bat er.

»Das ist doch meine Familie.«

»Willst du sie nicht einem Kranken zuliebe abstellen?«

»Ich will sie leiser einstellen.«

Sie ging hinaus und änderte nichts an der Lautstärke und kam wieder herein. »Ist es so besser?«

»Danke.«

»Es ist mein Lieblingsprogramm«, bemerkte sie.

»Wie ist es mit dem Aspirin?«

»Du warst bisher noch nie krank.« Sie entfernte sich nochmals.

»Jetzt bin ich es eben. Ich gehe heute nicht zum Dienst. Ruf Beatty an.«

»Du warst komisch gestern abend.« Summend kam sie wieder herein.

»Wo ist das Aspirin?« Er warf einen Blick auf das Glas Wasser, das sie ihm reichte.

»Ach so.« Sie begab sich wieder ins Badezimmer. »Ist etwas vorgefallen?«

»Ein Brand, sonst nichts.«

»Ich hatte einen netten Abend«, sagte sie vom Badezimmer aus.

»Was war denn?«

»Das Wohnzimmer.«

»Was gab's?«

»Programme.«

»Was für Programme?«

»Die besten seit langem.«

»Wer?«

»Ach, du weißt doch, der ganze Verein.«

»Ja, der Verein, der Verein.« Er preßte die Hand gegen die schmerzenden Augen, und plötzlich bewirkte der Geruch von Kerosin, daß er sich erbrechen mußte.

Mildred kam summend herein und blieb verdattert stehen. »Was soll denn das?«

Angewidert besah er sich die Bescherung am Boden. »Wir haben eine alte Frau mitsamt ihren Büchern verbrannt.«

»Es ist nur gut, daß sich der Teppich waschen läßt.« Sie holte eine Bürste und bearbeitete den Teppich. »Ich war gestern abend bei Helene.«

»Konntest du die Programme nicht auch in der eigenen Stube bekommen?«

»Doch, aber man geht gerne mal zu Besuch.«

Sie ging ins Wohnzimmer hinüber. Er hörte sie singen.

»Mildred?« rief er.

Sie kam zurück, singend, im Takt mit den Fingern schnippend.

»Willst du nicht wissen, was gestern nacht war?« fragte er.

»Was denn?«

»Wir haben tausend Bücher verbrannt. Wir haben eine Frau verbrannt.«

»Na und?«

Die Stube dröhnte vor Lärm.

»Wir haben Werke von Dante und Swift und Mark Aurel verbrannt.«

»War das nicht ein Europäer?«

»Ja, so was Ähnliches.«

»War er nicht ein Radikaler?«

»Gelesen habe ich ihn nie.«

»Er war ein Radikaler.« Mildred machte sich am Telefon zu schaffen. »Du erwartest doch nicht, daß ich Hauptmann Beatty anrufe?«

»Du mußt!«

»Schrei nicht so!«

»Ich habe nicht geschrien.« Er hatte sich im Bett aufgerichtet, plötzlich zitternd vor Wut. Die Stube vollführte einen Heidenlärm. »Ich kann ihn nicht anrufen. Ich kann ihm nicht sagen, daß ich krank bin.«

»Warum nicht?«

Weil ich Angst habe, dachte er. Wie ein Kind, das simuliert und Angst hat, anzurufen, weil nach einem kurzen Hin und Her das Gespräch so ausgehen würde: »Jawohl, Herr Hauptmann, ich fühle mich bereits besser. Ich trete heute abend um zehn Uhr an.«

»Du bist ja gar nicht krank«, sagte Mildred.

Montag fiel auf sein Kissen zurück. Er fuhr mit der Hand darunter. Das Buch war noch da.

»Mildred, wie wäre es, wenn ich mit dem Dienst eine Zeitlang aussetzen würde?«

»Du willst alles an den Nagel hängen? Nach all den Jahren, bloß weil einmal eine Frau und ihre Bücher . . .«

»Du hättest sie sehen sollen, Millie!«

»Sie geht mich nichts an, sie hätte keine Bücher haben dürfen. Es war ihre Sache, sie hätte sich das früher überlegen sollen. Ich hasse sie. Sie hat es dir angetan, und ehe wir uns dessen versehen, stehen wir auf dem Pflaster, kein Haus mehr, keine Arbeit, alles im Eimer.«

»Du warst nicht dort, du hast es nicht erlebt«, betonte er. »Es muß etwas dran sein an den Büchern, etwas, von dem wir uns keine Vorstellung machen, wenn eine Frau sich deswegen verbrennen läßt; es muß etwas dran sein. Um nichts und wieder nichts tut man das nicht.«

»Sie war verblödet.«

»Sie war so gut bei Verstand wie du und ich, vielleicht sogar mehr, und wir haben sie verbrannt.«

»Überflüssig zu sagen.«

»Hast du je ein niedergebranntes Haus gesehen? Es schwelt noch tagelang. Dieser Brand wird mich mein Leben lang verfolgen. Herrgott, ich wollte es löschen, in Gedanken, die ganze Nacht! Ich bin ganz außer mir.«

»Das hättest du dir überlegen sollen, bevor du zur Feuerwehr gingst.«

»Überlegen! Was gab es da zu überlegen? Mein Vater und mein Großvater waren bei der Feuerwehr. Ich bin ihnen im Schlaf nachgelaufen.«

Das Wohnzimmer war von Tanzmusik erfüllt.

»Heute ist doch der Tag, wo du Frühdienst hast«, bemerkte Mildred. »Du hättest schon vor zwei Stunden gehen sollen. Ist mir eben eingefallen.«

»Es ist nicht nur wegen der Frau, die umkam«, erklärte Montag. »Nachts dachte ich an all das Kerosin, das ich in den letzten zehn Jahren verbraucht habe. Und an die Bücher habe ich gedacht. Zum ersten Mal wurde mir klar, daß hinter jedem Buch ein Mensch steht. Jedes einzelne mußte erst von einem Menschen erdacht werden. Er hat vielleicht lange gebraucht, bis er es auf dem Papier hatte. Und nicht einmal dieser Gedanke war mir bisher gekommen.«

Er stieg aus dem Bett.

»Es hat einer vielleicht seiner Lebtag daran gearbeitet, hat sich in der Welt umgetan und einige seiner Erfahrungen zu Papier gebracht, und dann komme ich, und in zwei Minuten ist das alles nie gewesen.«

»Verschone mich damit«, sagte Mildred. »Ich bin nicht schuld dran.«

»Dich schonen! Das sagst du so, aber wie kann ich mich selber schonen? Was uns not tut, ist nicht, verschont zu werden. Was uns not tut, ist von Zeit zu Zeit richtig aufgestört zu werden. Wie lange ist es her, seit du richtig verstört warst? Aus einem triftigen Grund, einem wesentlichen Grund?«

Und dann verstummte er; er erinnerte sich nämlich an die vergangene Woche und an die beiden weißen Mondsteine, die zur Decke emporstarrten, und an die Pumpe und die Schlange mit dem Suchauge und an die beiden Kerle mit dem Seifengesicht, in dem die Zigaretten wippten, wenn sie redeten. Aber das war eine andere Mildred gewesen, eine, die so tief im Inneren der jetzigen Mildred steckte und so verstört, so richtig verstört war, daß die beiden Frauen einander nie begegnet waren. Er wandte sich ab.

Mildred sagte: »Jetzt haben wir den Salat. Draußen vor dem Haus. Sieh mal, wer da steht.«

»Ist mir doch einerlei.«

»Ein Phönixwagen ist vorgefahren, und einer in einem schwarzen Hemd mit einer feuergelben Schlange am Ärmel kommt auf das Haus zu.«

»Hauptmann Beatty?«

»Hauptmann Beatty.«

Montag rührte sich nicht, starrte nur auf die leere weiße Wand vor ihm.

»Geh, mach ihm bitte auf. Sag ihm, ich sei krank.«

»Sag's ihm selber!« Sie lief hierhin und dorthin und blieb dann mit aufgerissenen Augen stehen, als aus dem Türmelder leise, leise ihr Name kam, Frau Montag, Frau Montag, jemand hier, jemand hier, Frau Montag, Frau Montag, jemand ist hier. Die Stimme des Türmelders verklang.

Montag vergewisserte sich, daß das Buch unter dem Kissen gut versteckt war, stieg unbeholfen wieder ins Bett, rückte die Decke über den Knien und dem Oberkörper zurecht, halb sitzend, und nach einer Weile entfernte sich Mildred, ging aufmachen, und

Hauptmann Beatty schlenderte herein, die Hände in den Taschen.

»Stellen Sie die ›Verwandtschaft‹ ab«, sagte er, während er sich nach allem im Zimmer umsah, außer nach Montag und seiner Frau.

Diesmal eilte Mildred. Die quäkenden Stimmen in der Stube erstarben.

Mit friedfertiger Miene ließ sich Hauptmann Beatty auf den bequemsten Sessel nieder. Er ließ sich Zeit mit dem Stopfen der Messingpfeife, zündete sie umständlich an, stieß eine Rauchwolke aus. »Ich dachte, ich schau mal vorbei, wie es dem Kranken geht.«

Als Montag fragte, wieso er es erraten habe, lächelte Beatty sein Lächeln, das das süßliche Hellrot des Zahnfleisches und das zuckrige Weiß der Zähne entblößte. »Ich habe es kommen sehen. Du wolltest dich vorhin für eine Nacht abmelden.«

Montag saß im Bett, ohne etwas zu erwidern.

»Nun«, fuhr Beatty fort, »nimm eben frei für eine Nacht.« Er besah sich sein immerwährendes Feuerzeug, auf dessen Deckel stand GARANTIERT EINE MILLION MAL ZU GEBRAUCHEN, und begann zerstreut damit zu spielen, die Flamme anzuknipsen, auszublasen, anzuknipsen, ein paar Worte zu sprechen, auszublasen. Er sah in die Flamme. Er blies sie aus, sah dem Rauch zu. »Wann bist du wieder auf dem Damm?«

»Morgen. Übermorgen vielleicht. Anfang nächster Woche.«

Beatty qualmte. »Jeder Feuerwehrmann macht das früher oder später einmal durch. Er braucht nur etwas Einsicht, er muß wissen, wie die Sache innerlich zusammenhängt, muß die Geschichte unseres Berufs kennen. Gehört heutzutage leider nicht mehr zur Ausbildung.« Paff, paff. »Nur noch das Kader weiß heute darüber Bescheid.« Paff, paff. »Ich will dich ins Vertrauen ziehen.«

Mildred verriet Unruhe.

Beatty brauchte eine volle Minute, um sich in das hineinzudenken, was er sagen wollte.

»Wann hat es eigentlich angefangen, möchtest du wissen, mit diesem unserem Beruf, wie ist es dazu gekommen, wo, wann? Nun, ich vermute, es fing an um die Zeit des sogenannten Sezessionskriegs. Im Dienstreglement heißt es zwar, die Gründung sei schon früher erfolgt. Es verhält sich wohl so, daß die Sache erst richtig ins Rollen geriet, als die Fotografie aufkam. Dann der Film zu Beginn des zwanzigsten Jahrhunderts. Der Rundfunk. Das Fernsehen. Als die Dinge einen Zug ins Massenhafte bekamen.«

Montag saß im Bett, ohne sich zu rühren.

»Mit diesem Zug ins Massenhafte wurde alles einfacher«, fuhr Beatty fort. »Einst hatten die Bücher nur zu wenigen gesprochen, die da und dort und überall verstreut waren. Sie konnten es sich leisten, voneinander abzuweichen. Die Welt war geräumig. Aber dann begann es in der Welt von Augen und Ellbogen und Mäulern zu wimmeln. Die Bevölkerung verdoppelte sich, sie verdreifachte und vervierfachte sich. Film und Rundfunk, Zeitschriften und Bücher mußten sich nach dem niedrigsten gemeinsamen Nenner richten, wenn du verstehst, was ich meine.«

»Ich glaube.«

Beatty sah dem Rauchgebilde zu, das er in die Luft gequalmt hatte. »Stell dir das vor. Der Mensch des neunzehnten Jahrhunderts mit seinen Pferden, Hunden, Fuhrwerken, im Zeitlupentempo. Dann im zwanzigsten Jahrhundert wird die Zeit gerafft. Bücher werden gekürzt. Abriß, Überblick, Zusammenfassung, das Beste in Bildern. Alles läuft auf das Überraschungsmoment, den Knalleffekt hinaus.«

»Knalleffekt.« Mildred nickte.

»Klassiker werden zu viertelstündigen Hörspielen zusammengestrichen, dann nochmals gekürzt, um in einem Buch eine Spalte von zwei Minuten Lesedauer zu füllen, und enden schließlich als Inhaltsgabe von zehn oder zwölf Zeilen in einem Lexikon. Ich übertreibe natürlich. Die Lexika waren Nachschlagewerke. Es gab aber viele Leute, die ihren *Hamlet* (dir dem Titel nach sicher bekannt, Montag; Sie, Frau Montag, kennen ihn wohl nur flüchtig vom Hörensagen) – Leute, sage ich, die ihren ›Hamlet‹ lediglich aus einer einseitigen Zusammenfassung kannten, aus einem Buch, das mit den Worten angepriesen wurde: ›Jetzt können Sie endlich alle Klassiker lesen; lassen Sie sich von Ihren Nachbarn nicht überflügeln!‹ Ist dir das klar? Aus der Kinderstube an die höhere Schule und wieder in die Kinderstube zurück, da hast du die geistige Entwicklung der letzten fünf Jahrhunderte oder so.«

Mildred stand auf und begann im Zimmer umherzugehen, Dinge anzufassen und sie wieder hinzustellen. Beatty achtete nicht auf sie und fuhr fort:

»Arbeite mit dem Zeitraffer, Montag, rasch. *Quick? Nimm, lies, hör zu! Kick, Tempo, Match, Tip, Du, Sie, Er, Wir, Alle, Eh? Uh?, Ruck, zuck, Bim, Bam, Bumm?* Zusammenfassungen von Zusammenfassungen, Zusammenfassungen der Zusammenfassungen von Zusammenfassungen. Politik? Eine Spalte, zwei Sätze, eine Schlagzeile! Und dann, mittendrin, ist plötzlich nichts mehr da. Wirble den Geist des Menschen herum im Betrieb der Verleger, Zwischenhändler, Ansager, daß das Teufelsrad alles überflüssige, zeitvergeudende Denken wegschleudert!«

Mildred strich das Bettzeug glatt. Montag gab es einen Stich, dann noch einen, als sie sein Kissen zurechtklopfte. Eben zupfte sie ihn an der Schulter, damit er wegrücke, damit sie das Kissen nehmen und in Ordnung bringen und wieder hinlegen könne. Um dann vielleicht einen Schrei auszustoßen und die Augen aufzureißen oder auch bloß hinzulangen und zu sagen, ›was ist denn das?‹, und das verborgene Buch mit rührender Unschuld emporzuhalten.

»Weniger Schule, der Lernzwang gelockert, keine Philosophie mehr, keine Geschichte, keine Sprachen. Der muttersprachliche Unterricht vernachlässigt, schließlich fast ganz aufgehoben. Das Leben drängt, die Berufsarbeit geht vor, an Vergnügungen nachher ist kein Mangel. Wozu etwas lernen, wenn es genügt, auf den Knopf zu drücken, Schalter zu betätigen, Schrauben anzuziehen?«

»Laß mich das Kissen aufschütteln«, sagte Mildred.

»Nein«, wehrte Montag leise ab.

»Der Reißverschluß ersetzt die Knöpfe, und dem Menschen fehlt wieder ein Stück Zeit, um nachzudenken, während er sich ankleidet in der Morgenfrühe, einer nachdenklichen Stunde und somit einer trübseligen.«

Mildred setzte ihm erneut zu.

»Geh weg«, bat Montag.

»Das Leben wird zu einem großen Rüpelspiel, Montag; alles krach, bums und juchhe!«

»He«, sagte Mildred und zerrte am Kissen.

»Laß mich doch endlich sein!« rief Montag verzweifelt.

Beatty machte große Augen.

Mildreds Hand war hinter dem Kissen erstarrt. Sie befingerte den Gegenstand, und als sie erriet, was es war, malte sich Erstaunen auf ihren Zügen, dann Ratlosigkeit. Sie machte den Mund auf, um etwas zu fragen...

»Man räume die Bühne bis auf den Hanswurst, man statte die Lokale mit Glaswänden aus, über die hübsche Farbenspiele hinlaufen wie Konfetti oder Blut oder Sherry. Du bist doch für Schlagball zu haben, Montag?«

»Schlagball ist ein edler Sport.«

Beatty war jetzt fast unsichtbar, eine Stimme irgendwo hinter einer Rauchwand.

»Was ist denn das?« fragte Mildred, beinahe erfreut.

Montag warf sich rückwärts gegen ihre Arme. »Was ist denn das hier?«

»Setz dich hin!« schrie Montag. Sie fuhr zurück, mit leerer Hand. »Du siehst doch, wir sind mitten im Gespräch!«

Beatty fuhr fort, als sei nichts geschehen. »Du bist doch fürs Kegelschieben zu haben, Montag?«

»Kegel schieben, gewiß.«

»Und Golf?«

»Golf ist auch ein edler Sport.«

»Korbball?«

»Ein edler Sport.«

»Billard, Fußball?«

»Sehr schön, gewiß.«

»Mehr Sport für jedermann, Jubel, Trubel und Gemeinschaftsgefühl, und man braucht nicht mehr zu denken, wie? Veranstalte und veranstalte und überveranstalte immer mehr sportliche Großveranstaltungen. Immer mehr Bildergeschichten in Buchform, immer mehr Filme. Der Geist nimmt immer weniger auf. Ratlosigkeit. Landstraßen verstopft mit Menschenmengen, die irgendwohin fahren, irgendwohin und nirgendshin. Der Benzinflüchtling. Ganze Ortschaften werden zu Absteigequartieren, die Leute branden heimatlos von Ort zu Ort, wie von inneren Gezeiten fortgespült, wohnen heute in dem Zimmer, wo du gestern geschlafen hast und ich vorgestern.«

Mildred ging hinaus und knallte die Tür zu. Die »Tanten« an der Stubenwand begannen über die »Onkels« an der Wand zu lachen.

»Nehmen wir jetzt die Minderheiten unseres Kulturlebens dran. Je größer die Bevölkerung, um so mehr Minderheiten. Sieh dich vor, daß du den Hundefreunden nicht zu nahe trittst, oder den Katzenfreunden, den Ärzten, Juristen, Kaufleuten, Geschäftsleitern, den Mormonen, Baptisten, Quäkern, den eingebürgerten Chinesen, Schweden, Italienern, Deutschen, Iren, den Bürgern von Texas oder Brooklyn, von Oregon oder Mexiko. Die Gestalten in diesem Buch, diesem Stück, diesem Fernsehfortsetzungsroman sind frei erfunden; jede Ähnlichkeit mit lebenden Malern, Kartographen, Mechanikern ist reiner Zufall. Je größer der Markt, Montag, um so weniger darf man sich auf umstrittene Fragen einlassen, merk dir das! Auch die mindeste Minderheit muß geschont werden. Schriftsteller, voller boshafter Einfälle, schließt eure Schreibmaschinen ab! Und das taten sie denn auch. Die Zeitschriften brachten allerliebsten süßen Kitsch. Bücher, sagten die dünkelhaften Kritiker, seien Spülwasser; kein Wunder, daß sie keinen Absatz mehr fänden. Nur die Bildergeschichten ließ eine Leserschaft, die auf ihrem Geschmack bestand, gnädig am Leben. Und die dreidimensionalen Schönheitsmagazine, versteht sich. Da hast du's, Montag. Es kam nicht von oben, von der Obrigkeit. Es fing nicht mit Verordnungen und Zensur an, nein! Technik, Massenkultur und Minderheitendruck brachten es gottlob ganz von allein fertig. Dem verdanken wir es, wenn unser Dauerglück heute ungetrübt bleibt, wenn wir Bildergeschichten lesen dürfen, Lebensbeichten oder Fachzeitschriften.«

»Aber wie ist das nun mit der Feuerwehr?« fragte Montag.

»Ah.« Beatty beugte sich vor in dem feinen Dunst seiner Pfeife. »Was wäre verständlicher und natürlicher? Wo doch die Schulen immer mehr Läufer, Springer, Rennfahrer, Bastler, Fänger, Flieger und Schwimmer ausbildeten, statt Prüfer, Beurteiler, Kenner und Schöpfer. Da ist leicht zu begreifen, daß das Wort ›Geist‹ verdientermaßen zu einem Schimpfwort wurde. Das Unvertraute flößt immer ein Grauen ein. Du erinnerst dich doch sicher an einen Mitschüler, der besonders ›hell‹ war und die meisten Antworten gab, während die andern wie Ölgötzen dasaßen und nur darauf warteten, es dem hellen Kopf heimzuzahlen? War er nicht dazu ausersehen, nach der Schule drangsaliert zu werden? Klar, versteht sich. Wir müssen alle gleich sein. Nicht frei und gleich geboren, wie es in der Verfassung heißt, sondern gleich gemacht. Jeder ein Abklatsch des andern, dann sind alle glücklich, dann gibt es nichts Überragendes mehr, vor dem man den Kopf einziehen müßte, nichts, was einen Maßstab abgäbe. Also! Ein Buch im Haus nebenan ist wie ein scharfgeladenes Gewehr. Man vernichte es. Man entlade die Waffe. Man reiße den Geist ab. Wer weiß, wen sich der Belesene als Zielscheibe aussuchen könnte! Mich vielleicht? Ich danke. Und so kam es, nachdem die Häuser überall auf der ganzen Welt feuerfest geworden waren, daß man der Feuerwehr entraten konnte. Sie erhielt eine neue Aufgabe, wurde zum Hüter unserer Seelenruhe, zum Sammelbecken gewissermaßen unserer begreiflichen und berechtigten Angst vor Minderwertigkeitsgefühlen; zur amtlichen Zensur, zur richtenden und ausführenden Gewalt in einem. Das bist du, Montag, und das bin ich.«

Die Tür zum Fernsehzimmer ging auf, und Mildred stand da und schaute herein, schaute Beatty an und dann Montag. Die Wohnzimmerwände hinter ihr waren mit grünem und gelbem Feuerwerk übersprüht, das zischte und knallte, begleitet von einer Musik, die fast ausschließlich aus Pauken, Tamtams und anderem Schlagzeug bestand. Mildreds Lippen bewegten sich, aber die Worte gingen in dem Getöse unter.

Beatty klopfte sich die Pfeife in die Handfläche aus und musterte die Asche, als sei sie ein Wahrzeichen, dessen Bedeutung es zu erforschen galt.

»Du mußt begreifen, bei der Ausdehnung unserer Kulturwelt kann keinerlei Beunruhigung der Minderheiten geduldet werden. Sag selber, was ist unser aller Lebensziel? Die Menschen wollen doch glücklich sein, nicht? Hast du je etwas anderes gehört? Ich will glücklich sein, sagt ein jeder. Und ist er es nicht? Sorgen wir nicht ständig für Unterhaltung und Betrieb? Dazu sind wir doch da, nicht? Zum Vergnügen, für den Sinnenkitzel? Und du wirst zugeben, daß daran in unserer Kulturwelt kein Mangel herrscht.«

»Nein.«

Montag konnte es Mildred von den Lippen ablesen, was sie unter der Tür sagte. Er bemühte sich, nicht nach ihr hinzusehen, aus Angst, Beatty könnte sich sonst auch nach ihr umwenden.

»Farbige nehmen Anstoß an *Klein Sambo*. Man verbrenne es. Den Weißen ist *Onkel Toms Hütte* ein Dorn im Auge. Man verbrenne es. Jemand hat ein Buch über Rauchen und Lungenkrebs geschrieben? Den Tabakfritzen laufen die Tränen herunter? Man verbrenne das Buch. Seelenfrieden, Montag. Gemütsruhe, Montag. Nur kein Ärgernis. Lieber in den Eimer damit. Begräbnisse wirken störend? Man schaffe sie ebenfalls ab. Fünf Minuten, nachdem einer gestorben ist, befindet er sich schon unterwegs zur großen Einäscherungsanstalt, mit ihrem Hubschrauberdienst, der sich über das ganze Land erstreckt. Zehn Minuten nach seinem Tod ist ein jeder nur noch ein schwarzes Stäubchen. Wir wollen keine Worte verlieren mit Nachrufen auf einzelne Menschen. Man vergesse sie. Man verbrenne sie, man verbrenne alles. Das Feuer ist hell, das Feuer ist sauber.«

Das Farbenspiel im Wohnzimmer hinter Mildred erstarb. Gleichzeitig hatte sie auch zu sprechen aufgehört, ein erstaunlicher Zufall. Montag verhielt den Atem.

»Nebenan hat ein Mädchen gewohnt«, sagte er bedächtig. »Jetzt ist es weg, gestorben, glaube ich. Ich weiß kaum mehr, wie es aussah. Aber es war anders. Wieso konnte es das geben?«

Beatty lächelte. »Dergleichen läßt sich nicht vermeiden. Clarisse McClellan? Wir haben alle Unterlagen über die Familie. Stand unter scharfer Beobachtung. Es ist etwas Sonderbares mit Vererbung und Umwelt. Wir können all die Eigenbrötler nicht in ein paar Jahren ausschalten. Die häusliche Umwelt macht oft vieles wieder zunichte, was in der Schule eingetrichtert wird. Deshalb haben wir das kindergartenpflichtige Alter von Jahr zu Jahr herabgesetzt, bis wir die Kinder jetzt fast aus der Wiege an uns reißen. Über die McClellans liefen ein paar Falschmeldungen ein, als sie noch in Chicago wohnten. Es hat sich nie ein Buch bei ihnen gefunden. Mit dem Onkel stimmte auch nicht alles, er galt als Einzelgänger. Das Mädchen? Ein Zeitzünder. Nach seinem Betragen in der Schule zu schließen, müssen die Verhältnisse zu Hause auf das Kind abgefärbt haben. Es wollte nicht wissen, *wie* etwas gemacht wird, sondern *warum*. Das kann ungemütlich werden. Frag ständig warum, und du bist am Ende todunglücklich. Es ist gut für das arme Mädchen, daß es tot ist.«

»Ja, tot.«

»Zum Glück gibt es dergleichen ausgefallene Dinger nicht oft. Wir wissen, wie man das im Keime erstickt. Ohne Nägel und Holz kann man kein Haus bauen. Will man den Bau eines Hauses verhindern, beseitige man die Nägel und das Holz. Will man verhindern, daß es politisch Mißvergnügte gibt, sorge man dafür, daß der Mensch nicht beide Seiten einer Frage kennenlerne, nur die eine. Oder noch besser gar keine. Er soll vergessen, daß es etwas wie Krieg gibt. Ist die Obrigkeit unfähig, aufgebläht und krankhaft steuersüchtig, ist es besser, die Leute machen sich darüber keine Gedanken. Seelenruhe, Montag. Man beschäftige die Leute mit Wettbewerben – wer am meisten Schlagertexte kennt oder Hauptstädte aufzählen kann und dergleichen. Man stopfe ihnen den Kopf voll unverbrennbarer Tatsachen, bis sie sich zwar überladen, aber doch als ›Fundgrube von Wissen‹ vorkommen. Dann glauben sie, denkende Menschen zu sein und vom Fleck zu kommen, ohne sich im geringsten zu bewegen. Und sie sind glücklich, weil dergleichen Tatsachen keinem Wandel unterworfen sind. Es wäre verfehlt, ihnen so glitschiges Zeug wie Philosophie oder Soziologie zu vermitteln, um Zusammenhänge herzustellen. Das führt nur zu seelischem Elend. Wer eine Fernsehwand auseinandernehmen und wieder zusammensetzen kann – und wer kann es heute nicht? – der ist glücklicher als wer das Weltall ausmessen und auf eine Formel bringen will, was sich nun einmal nicht tun läßt, ohne daß der Mensch dabei unmenschlich vereinsamt. Ich weiß Bescheid, ich hab's auch versucht, zum Teufel damit. Her mit den Vereinen und Verbänden, den Seiltänzern und Zauberkünstlern, den Turbinenrennwagen und Kradhubschraubern, her mit Liebesspiel und Rauschgift, kurz, mit allem, was automatische Reflexe auslöst. Wenn das Theaterstück schlecht ist, der Film schwach, das Hörspiel nichtssagend, steigere die Lautstärke. Ich bilde mir dann ein, ich hätte was von dem Stück, wo ich doch bloß vom Schall erschüttert bin. Mir ist es einerlei. Ich bin für handfeste Unterhaltung.«

Beatty stand auf. »Ich muß gehen. Der Vortrag ist zu Ende. Hoffentlich habe ich mich verständlich gemacht. Vergiß vor allem nicht, Montag, wir sind die Glückshüter, du und ich und die andern. Wir stemmen uns gegen die wenigen, die mit ihrem widersprechenden Dichten und Denken den Leuten vor dem Glück stehen. Wir schützen den Deich. Halte durch. Laß es nicht zu, daß die Welt mit Tiefsinn und Trübsal überschwemmt wird. Wir sind auf dich angewiesen. Ich glaube, du bist dir gar nicht bewußt, wie wichtig du bist, wie wichtig wir sind, um das Glück der heutigen Welt zu wahren.«

Beatty schüttelte Montag die schlaffe Hand. Montag saß immer noch da, als sei das Haus am Einstürzen, als dürfe er sich nicht bewegen. Mildred war verschwunden.

»Noch etwas«, sagte Beatty. »Mindestens einmal sticht jeden Feuerwehrmann der Hafer. Was steht eigentlich in den Büchern drin, fragt er sich. Ach, wer dieser Versuchung nachgeben könnte, wie? Nun, Montag, laß dir gesagt sein, auch ich mußte zu meiner Zeit ein paar dieser Schmöker lesen, um zu wissen, woran ich war, und es steht nichts drin! Nichts, was man annehmen oder weitergeben könnte. Sie handeln von Leuten, die es nie gab, von bloßen Hirngespinsten, sofern sie zur schönen Literatur gehören. Und die Fachliteratur ist noch ärger, da schilt ein Wissenschaftler den andern einen Esel, und jeder sucht den andern niederzuschreien. Alle rennen sie durcheinander, löschen die Sterne aus und verdunkeln die Sonne. Man weiß nachher weder aus noch ein.«

»Ja, wenn nun also ein Feuerwehrmann zufällig, ganz unwillkürlich ein Buch mit nach Hause nimmt?«

In Montags Gesicht zuckte es. Die offene Tür schaute ihn mit leerem Blick an.

»Ein begreifliches Versehen. Bloße Neugier«, erwiderte Beatty. »Das nehmen wir nicht allzu tragisch. Wir lassen dem Mann das Buch für vierundzwanzig Stunden. Hat er es bis dahin nicht verbrannt, kommen wir einfach und verbrennen es an seiner Stelle.«

»Natürlich.« Montag hatte ein trockenes Gefühl im Mund.

»Nun, Montag, übernimmst du heute einen andern, einen späteren Dienst? Sehen wir dich vielleicht heute abend?«

»Ich weiß nicht«, erwiderte Montag.

»Wie?« Beatty sah leicht befremdet aus.

Montag schloß die Augen. »Ich trete dann später an. Vielleicht.«

»Wir würden dich entschieden vermissen«, bemerkte Beatty und steckte nachdenklich seine Pfeife in die Tasche.

Ich trete überhaupt nie wieder an, dachte Montag.

71

»Gute Besserung«, sagte Beatty noch.

Er wandte sich ab und ging durch die offene Tür hinaus.

Montag verfolgte durchs Fenster, wie Beatty davonfuhr mit dem funkelnden, feuergelben Wagen.

Auf der andern Seite der Straße reihten sich die Häuser mit ihren flachen Fassaden. Was hatte doch Clarisse eines Nachmittags gesagt? »Keine Veranda mehr vor dem Haus. Mein Onkel behauptet, früher hätten die Häuser eine Veranda gehabt vor dem Hauseingang. Und da hätten die Leute manchmal des Abends gesessen und hätten geplaudert, wenn sie Lust verspürten, und wenn sie keine Lust dazu verspürten, hätten sie sich im Schaukelstuhl gewiegt, ohne zu reden. Manchmal saßen sie einfach da und ließen sich dies und jenes durch den Kopf gehen. Es heißt, die Architekten seien davon abgekommen, weil die Veranda unschön wirkte. Aber Onkel meint, das sei nur ein Vorwand gewesen; in Wirklichkeit wollten sie es nicht haben, daß die Leute einfach dasaßen und nichts taten, nur schaukelten und plauderten; diese Art von Geselligkeit mißfiel ihnen. Die Leute redeten zu viel und sie hatten Zeit zum Nachdenken. So wurde die Veranda abgeschafft. Die Gärten übrigens auch. Es gibt nicht mehr viele Gärten, in denen man herumsitzen kann. Und dann die Möbel! Schaukelstühle gibt es nicht mehr. Die waren zu bequem. Mein Onkel sagt... und... mein Onkel... und... mein Onkel...« Clarissens Stimme verstummte.

Montag wandte sich um und schaute seine Frau an, die mitten im Wohnzimmer saß und mit einem Ansager sprach, der auch mit ihr sprach. »Frau Montag«, sagte er eben. Dies und das und noch etwas. »Frau Montag –« Und er sagte noch etwas anderes. Ein Zusatzgerät, das sie hundert Dollar gekostet hatte, schaltete jedesmal ohne weiteres ihren Namen ein, wenn der Ansager zu seinem namenlosen Publikum sprach, wobei er die Stelle ausließ, wo die entsprechenden Silben eingesetzt werden konnten. Eine besondere Vorrichtung bewirkte zudem, daß das Bild des Ansagers auf der Fernsehwand die richtigen Mundbewegungen ausführte. Er war ein Freund, kein Zweifel, ein guter Freund.

»Frau Montag – nun sehen Sie einmal her.«

Sie wandte den Kopf, obwohl sie offensichtlich nicht zuhörte.

Montag sagte: »Wenn ich heute dem Dienst fernbleibe, ist es nur noch ein Schritt, morgen ebenfalls nicht hinzugehen und überhaupt nicht mehr zur Feuerwache zu gehen.«

»Aber heute abend gehst du doch hin?« fragte Mildred.

»Ich bin noch unschlüssig. Gerade jetzt hätte ich die größte Lust, irgend etwas kaputt zu schlagen und umzubringen.«

»Geh, nimm den Wagen.«

»Nein, danke.«

»Die Schlüssel liegen auf dem Nachttischchen. Schnell fahren hilft mir immer, wenn ich den Koller habe. Hol ungefähr hundertvierzig Kilometer heraus, und deine schlechte Stimmung ist wie verflogen. Manchmal fahre ich die ganze Nacht, ohne daß du etwas davon ahnst. Es macht Spaß draußen auf dem Land. Man überfährt Kaninchen, manchmal Hunde. Geh, nimm den Wagen.«

»Nein, ich will nicht, heute nicht. Ich will dieser komischen Stimmung auf den Grund kommen. Mein Gott, mich hat's gepackt. Ich weiß nicht, was es ist. Mir ist so verdammt elend, ich habe eine Wut, weiß der Teufel wieso. Mir ist, als nehme ich zu, als werde ich dicker. Als ob sich eine Menge in mir aufgestaut hätte, ich weiß nicht was. Ich hätte sogar Lust, Bücher zu lesen.«

»Da kämst du doch ins Zuchthaus?« Sie schaute ihn an, als befände er sich hinter der Glaswand.

Er begann sich anzuziehen, wobei er unruhig im Zimmer umherwanderte. »Ja, und es wäre vielleicht nicht einmal das dümmste. Bevor ich gegen jemand tätlich werde. Hast du gehört, was Beatty gesagt hat? Hast du zugehört? Er weiß Bescheid. Er hat recht. Glücklich sein ist alles. Jubel, Trubel, Heiterkeit. Und dabei saß ich die ganze Zeit da und sagte mir, ich bin nicht glücklich, ich bin nicht glücklich.«

»Ich schon.« Mildred strahlte. »Bin stolz darauf.«

»Es muß etwas geschehen«, erklärte Montag. »Was, weiß ich noch nicht. Aber es muß etwas Gewaltiges geschehen.«

»Ich habe es satt, mir dieses Zeug anzuhören«, bemerkte Mildred und wandte sich wieder dem Ansager zu.

Montag griff nach dem »Ein-Aus«-Schalter an der Wand, und der Ansager verstummte.

»Milli?« Er stockte. »Dies ist dein Haus so gut wie meines. Ich finde es nur recht und billig, daß ich dir jetzt etwas sage. Ich hätte es schon längst tun sollen, aber ich habe es sogar vor mir selber verheimlicht. Es ist etwas da, das du sehen sollst, etwas, das ich im Laufe eines Jahres beiseite geschafft und versteckt habe, von Zeit zu Zeit, immer mal wieder, ich weiß selbst nicht warum, aber ich habe es getan und dir nichts davon gesagt.«

Er nahm einen Stuhl und schob ihn bedächtig in den Flur, in die Nähe der Haustür, stieg hinauf und stand einen Augenblick da wie ein Standbild auf seinem Sockel, während seine Frau unten dran stand und wartete. Dann langte er hinauf und zog die Klappe der Klima-Anlage zurück und langte nach rechts tief hinein und schob eine zweite Klappe zur Seite und holte ein Buch hervor. Ohne es anzusehen, ließ er es auf den Boden fallen. Dann langte er abermals hinauf und holte zwei Bücher hervor und ließ sie zu Boden fallen. Immer wieder griff er hinein und ließ Bücher fallen, kleine, größere, gelbe, rote, grüne. Als er fertig war, lagen etwa zwanzig Bücher zu Füßen seiner Frau.

»Es tut mir leid«, sagte er. »Ich habe mir nichts dabei gedacht. Und jetzt stecken wir drin in der Tinte.«

Mildred wich zurück, als sei plötzlich ein Rudel Mäuse aus einem Loch hervorgekommen. Er hörte, wie sie schnaufte, und sie war ganz blaß und machte große Augen. Zwei, drei Mal sprach sie seinen Namen aus. Dann bückte sie sich stöhnend nach einem Buch und lief damit zum Verbrennungsofen in der Küche. Er holte sie ein und hielt sie trotz ihrem Geschrei fest und obwohl sie sich mit Händen und Füßen wehrte.

»Nein, Millie, nein! Warte! Halt doch, bitte! Du ahnst nicht... halt!« Er ohrfeigte sie, packte sie erneut und schüttelte sie.

Sie sagte seinen Namen und begann zu weinen.

»Millie, hör zu«, bat er. »Wenigstens einen Augenblick. Wir können nichts tun. Wir dürfen das da nicht verbrennen. Ich will mir die Bücher ansehen, sie mindestens einmal ansehen. Und dann, wenn das wahr ist, was der Hauptmann gesagt hat, wollen wir sie gemeinsam vernichten, glaube mir, dann vernichten wir sie gemeinsam. Du mußt mir helfen.« Er sah auf ihr Gesicht hinunter und nahm sie am Kinn, nicht nur, um sie anzusehen, sondern ebensosehr, um in ihrem Gesicht sich selber zu finden und einen Wink, was er tun sollte. »Ob es uns genehm ist oder nicht, wir stecken nun mal drin. Ich habe dich nie um viel gebeten, all die Jahre hindurch, aber jetzt bitte ich dich, ich bitte dich inständig. Wir müssen hier irgendwo anfangen und herausbekommen, wieso wir in einen solchen Schlamassel geraten konnten, du mit deinen Schlaftabletten und deiner Rennfahrerei und ich mit meinem Beruf. Wir steuern stracks dem Abgrund entgegen, Milli. Ich habe nicht im Sinn, mich hinabzustürzen. Es wird keine Kleinigkeit sein. Wir haben keinerlei Anhaltspunkte, aber vielleicht können wir es uns zusammenreimen, wenn wir einander helfen. Ich brauche dich jetzt unbedingt, mehr als ich sagen kann. Wenn du mich noch im geringsten liebst, läßt du mich jetzt gewähren, vierundzwanzig Stunden lang, achtundvierzig Stunden, mehr verlange ich nicht, dann ist es vorbei, ich verspreche es dir, ich schwöre es. Und wenn etwas dabei herausschaut, sei es auch noch so wenig, können wir es vielleicht an jemand anders weitergeben.«

Sie sträubte sich nicht mehr, und er ließ sie los. Sie sackte von ihm weg und rutschte an der Wand hinunter zu Boden und saß da, den Blick auf die Bücher geheftet. Eines davon berührte sie mit dem Fuß, und als sie es inne wurde, zog sie den Fuß zurück.

»Diese Frau letzthin, Millie, du hast das nicht erlebt. Du hast ihr Gesicht nicht gesehen. Und Clarisse. Du hast nie mit ihr gesprochen. Ich habe mit ihr gesprochen. Männer wie Beatty fürchten sich vor ihr. Ich kann es nicht begreifen. Weshalb sollten sie sich dermaßen vor einem Schulmädchen fürchten? Gestern auf der Wache habe ich es ständig mit den Kollegen verglichen, und plötzlich wurde mir klar, daß sie mir widerwärtig sind, und ich wurde mir selber widerwärtig. Ich dachte, es wäre vielleicht am besten, die Feuerwehrleute würden selber verbrannt.«

»Guy!«

Der Türmelder setzte leise ein:

»Frau Montag, Frau Montag, jemand hier, jemand hier, Frau Montag, Frau Montag, jemand hier.«

Leise.

Sie wandten sich um und starrten bald die Tür, bald die verstreuten Bücher an.

»Beatty!« sagte Mildred.

»Das ist doch nicht möglich.«

»Er ist nochmals gekommen«, raunte sie.

Wieder meldete sich die Haustür leise: »Jemand hier...«

»Wir machen nicht auf.« Montag lehnte sich an die Wand und sank dann auf einmal zusammen, hockte da und begann geistesabwesend die Bücher anzustoßen mit dem Daumen, mit dem Zeigefinger. Am liebsten hätte er die Bücher wieder in ihr Versteck verstaut, aber er wußte, daß er Beatty nicht noch einmal gegenübertreten konnte. Bebend kauerte er da, und dann setzte er sich hin, und der Türmelder ertönte wieder, diesmal dringender. Montag hob ein einzelnes Bändchen auf. »Wo fangen wir an?« Aufs Geratewohl schlug er das Buch auf und warf einen Blick hinein. »Wir fangen wohl am besten an, indem wir anfangen.«

»Er wird hereinkommen«, stöhnte Mildred. »Er wird uns mitsamt den Büchern verbrennen!«

Schließlich verstummte der Türmelder. Eine Stille trat ein. Montag spürte, daß jemand vor der Tür stand, wartete, horchte. Dann hörte er Schritte, die sich entfernten.

»Wir wollen einmal sehen, was das ist«, sagte Montag. Er brachte die Worte nur stockend hervor und mit peinlicher Befangenheit. Dann las er ein Dutzend Seiten da und dort und stieß schließlich auf folgende Stelle:

»Schätzungsweise haben elftausend Menschen zu verschiedenen Zeiten lieber den Tod erlitten, als daß sie sich bereit gefunden hätten, Eier am spitzen Ende aufzuschlagen.«

Mildred saß auf der andern Seite des Flurs. »Was heißt das? Es heißt überhaupt nichts! Der Hauptmann hatte recht.«

»Laß nur«, beschwichtigte Montag. »Wir wollen nochmals von vorn anfangen.«

II

Das Sieb und der Sand

Sie lasen den langen Nachmittag hindurch, während ein kalter Novemberregen auf das stille Haus herabrauschte. Sie saßen im Flur, weil das Wohnzimmer leer und grau wirkte, nachdem die Wand ringsum nicht mehr in allen Farben schillerte, mit Frauen in goldenem Flitter und Männern in schwarzen Samtjoppen, die aus Zylinderhüten überlebensgroße Kaninchen hervorzauberten. Das Wohnzimmer war tot, und Mildred guckte immer wieder mit stumpfen Augen hinein, während Montag auf und ab ging und sich wieder hinkauerte und eine Seite bis zu zehn Mal laut vorlas.

»›Es läßt sich nicht genau angeben, in welchem Augenblick eine Freundschaft entsteht. Wenn ein Gefäß tropfenweise gefüllt wird, kommt zuletzt ein Tropfen, der es zum Überfließen bringt, und ähnlich verhält es sich bei einer Reihe von Freundlichkeiten, wo zuletzt eine kommt, die das Herz zum Überfließen bringt.‹«

Montag saß da und lauschte auf den Regen.

»Verhielt es sich so bei dem Mädchen von nebenan? Ich wurde einfach nicht klug daraus.«

»Sie ist tot. Sprechen wir doch um Himmels willen von jemand, der am Leben ist.«

Ohne nach seiner Frau hinzusehen, schritt Montag erregt durch den Flur in die Küche, wo er lange am Fenster stand und dem Regengeriesel an der Scheibe zuschaute; erst als sich sein Zittern gelegt hatte, kehrte er wieder in den dämmrigen Flur zurück.

Er schlug ein anderes Buch auf.

»›Hauptthema: das liebe Ich.‹«

Er schielte nach der Wand. »›Hauptthema: das liebe Ich.‹«

»Das kann man wenigstens verstehen«, meinte Mildred.

»Aber bei Clarisse war es nicht das Hauptthema. Sie befaßte sich am liebsten mit allen andern und mit mir. Sie war seit vielen

Jahren der erste Mensch, den ich wirklich gern hatte. Sie war der erste Mensch, der sich ernsthaft mit mir abgab.« Er hob die beiden Bücher empor. »Die Verfasser hier sind schon lange tot, aber für mich deuten ihre Worte mittelbar oder unmittelbar auf Clarisse.«

Draußen vor der Haustür, im Regen, ein leises Kratzen.

Montag erstarrte. Er sah, wie Mildred sich gegen die Wand warf und nach Luft rang.

»Jemand – die Tür – warum meldet es die Türstimme nicht –«

»Ich habe sie abgestellt.«

Unter der Türschwelle ein behutsames Schnüffeln, ein elektrischer Hauch.

Mildred lachte erlöst. »Es ist ja nur ein Hund. Soll ich ihn verscheuchen?«

»Rühr dich nicht vom Fleck!«

Stille. Das Rauschen des kalten Regens. Und unter der Türschwelle durch der Geruch blauen Starkstroms.

»Gehen wir wieder an die Arbeit«, sagte Montag ruhig.

Mildred stieß ein Buch mit dem Fuß weg. »Bücher sind nicht Leute. Du liest vor, aber wenn ich mich umschaue, ist niemand da!«

Er blickte scheel nach dem Wohnzimmer, das tot und grau war wie die Gewässer eines Meeres, in welchem es sofort von Lebewesen wimmeln würde, sobald man die Elektronensonne einschaltete.

»Meine ›Familie‹ dagegen«, sagte Mildred, »besteht aus Leuten. Sie erzählen mir was, ich lache, sie lachen mit. Und dann die Farben!«

»Ja, ich weiß.«

»Und außerdem, wenn Hauptmann Beatty Wind bekäme von diesen Büchern –« Sie malte sich die Folgen aus. Erstaunen stand ihr an der Stirn geschrieben und dann Entsetzen. »Er könnte kommen und das Haus niederbrennen und die ›Familie‹. Das wäre ja furchtbar. Denk doch, wieviel Geld wir da hineingesteckt haben. Warum soll ich Bücher lesen? Wozu?«

»Wozu! Warum!« rief Montag. »Ich habe kürzlich die verfluchteste Schlange gesehen. Sie war tot und war doch lebendig. Sie konnte sehen und konnte doch nicht sehen. Willst du sie besichtigen? Du findest sie im Spital in der Unfallabteilung, wo eine Aufzeichnung besteht über all den Mischmasch, den die Schlange aus dir herausgeholt hat! Möchtest du nicht gehen und Einblick nehmen? Du müßtest wohl unter *Guy Montag* nachschlagen oder vielleicht unter *Lebensangst* oder unter *Krieg.* Möchtest du nicht das Haus besichtigen, das vorige Nacht in Flammen aufging? Die Asche durchkämmen nach den Knochen der Frau, die ihr eigenes Haus in Brand steckte? Und Clarisse McClellan, wo finden wir sie? Im Leichenhaus! Horch!«

Die Bomber durchquerten den Luftraum über dem Haus, immer wieder röchelnd, raunend, pfeifend, wie ein riesiger unsichtbarer Fächer, in einer Leere kreisend.

»Herrgott«, rief Montag. »Stunde um Stunde immer dieses Zeug am Himmel. Wie zum Henker sind denn diese Bomber eigentlich dort hinauf gekommen, ohne daß jemand ein Wort darüber verlöre? Nicht einen Augenblick lassen sie einen in Ruhe. Zwei Atomkriege haben wir seit 1960 entfesselt und gewonnen. Ist es, weil wir einen solchen Mordsbetrieb haben im Lande, daß wir nicht mehr an die Welt denken? Die übrige Welt, die so arm ist, wie wir reich, und kein Mensch schert sich drum. Es gehen Gerüchte, die Welt sei am Verhungern, aber wir sind wohlgenährt. Ist es wahr, daß in der Welt draußen die Menschen sich abschuften, während wir dem Vergnügen leben? Ist das der Grund, warum wir so verhaßt sind? Ich habe von Zeit zu Zeit davon sagen hören, im Laufe der Jahre. Weißt *du* etwa warum? Ich weiß es jedenfalls nicht. Vielleicht helfen die Bücher uns halbwegs aus dem Dunkel. Sie könnten möglicherweise verhindern, daß wir immer wieder dieselben unsinnigen Fehler machen. Die witzlosen Brüder auf deiner Wohnzimmerwand habe ich allerdings noch nie davon reden hören. Eine Stunde später, zwei Stunden, mit diesen Büchern, und wer weiß...«

Das Telefon klingelte. Mildred stürzte an den Apparat.

»Anna!« Sie lachte. »Ja, heute abend läuft der Weiße Clown!«

Montag begab sich in die Küche und warf das Buch hin. »Montag«, sagte er, »du bist wirklich ein Einfaltspinsel. Was fangen wir jetzt an? Liefern wir die Bücher ab, vergessen wir das Ganze?« Er schlug das Buch auf, um zu lesen, während Mildreds Gelächter an sein Ohr drang.

Arme Millie, dachte er. Armer Montag, du kannst damit auch nichts anfangen. Aber wo findest du Hilfe, wo findet sich jetzt noch ein Lehrer?

Halt. Er schloß die Augen. Ach ja, natürlich. Wiederum fiel ihm unwillkürlich der grüne Park ein. In letzter Zeit war ihm oft der Gedanke daran gekommen, aber jetzt sah er deutlich vor sich, wie es zugegangen war damals vor einem Jahr im Stadtpark, als er den alten Mann im schwarzen Anzug dabei ertappt hatte, wie er rasch etwas wegsteckte.

... Der Alte sprang auf, als wollte er davonlaufen. Montag sagte: »Warten Sie!«

»Ich habe nichts getan!« rief der Greis zitternd.

»Hat auch niemand behauptet.«

Ohne ein Wort zu sprechen, hatten sie eine Weile in dem sanften grünen Licht gesessen, und dann machte Montag eine Bemerkung über das Wetter, und der Alte gab leise Antwort. Es war eine seltsam stille Begegnung. Der Greis machte kein Hehl daraus, früher Ordinarius für englische Literatur gewesen zu sein, ehe er vor vierzig Jahren auf die Straße gesetzt wurde, als die letzte philosophische Fakultät mangels an Zuspruch ihre Pforten schloß. Er hieß Faber, und als er schließlich seine Furcht vor Montag verlor, sprach er mit einer melodischen Stimme, den Blick auf den Himmel, die Bäume, den grünen Park gerichtet, und als eine Stunde verstrichen war, sagte er etwas zu Montag, und Montag ahnte, daß es ein reimloses Gedicht war. Dann wurde der alte Mann noch mutiger, und er sagte noch etwas, und wiederum war es ein Gedicht. Faber hielt die Hand über seine linke Rocktasche, als er behutsam die paar Worte sprach, und Montag wußte, wenn er die Hand ausstreckte, könnte er dem

Mann einen Band Gedichte aus der Tasche ziehen. Allein, er streckte die Hand nicht aus, er behielt sie auf den Knien, ganz klamm geworden und nutzlos. »Ich spreche nicht über Dinge«, erklärte Faber. »Ich spreche über den Sinn der Dinge. Ich sitze hier und *weiß*, daß ich am Leben bin.«

Das war alles, was es damit auf sich hatte. Eine Stunde einseitigen Gesprächs, ein Gedicht, eine Erklärung, und dann, ohne darauf anzuspielen, daß Montag bei der Feuerwehr war, schrieb ihm der Greis mit zittriger Hand seine Adresse auf. »Für Ihre Kartei«, bemerkte er, »falls Sie davon Gebrauch machen wollen.«

»Ich habe nichts gegen Sie«, sagte Montag verblüfft.

Mildred kam am Telefon aus dem Lachen nicht heraus.

Montag ging zum Schlafzimmerschrank und suchte in seiner Kartei nach der Überschrift: KÜNFTIGE UNTERSUCHUNGEN. Fabers Name stand darunter. Er hatte ihn nicht angezeigt und auch nicht gestrichen.

An einem Nebenanschluß stellte er Fabers Nummer ein. Der Apparat am andern Ende rief ein Dutzend Mal Fabers Namen, ehe der Professor sich mit dünner Stimme meldete. Montag nannte seinen Namen, und ein längeres Schweigen trat ein. »Ja, Herr Montag?«

»Herr Professor, ich habe eine etwas ausgefallene Frage an Sie. Wie viele Exemplare der Bibel gibt es noch im ganzen Lande?«

»Wovon reden Sie eigentlich?«

»Ich möchte wissen, ob überhaupt noch irgendwelche Exemplare vorhanden sind.«

»Sie wollen mir eine Falle stellen! Ich kann doch nicht jedermann am Telefon Auskunft geben!«

»Wieviele Exemplare von Shakespeares Werken, von Plato?«

»Kein einziges! Sie wissen es so gut wie ich. Kein einziges!«

Faber hängte auf.

Montag legte den Hörer hin. Nicht ein einziges. Die Tatsache war ihm natürlich bekannt, es ging aus den Verzeichnissen auf der Feuerwache hervor. Aber aus irgendeinem Grunde hatte er es von Faber selbst hören wollen.

Draußen im Flur stand Mildred in freudiger Erregung.

»Die Freundinnen kommen herüber!«

Montag zeigte ihr ein Buch. »Das hier ist das Alte und Neue Testament, und –«

»Fang bloß nicht wieder damit an!«

»Es ist vielleicht das letzte Exemplar in unserem Erdteil.«

»Du mußt es doch bis heute abend abliefern? Beatty weiß doch, daß du es hast.«

»Ich glaube nicht, daß er weiß, welches Buch ich unterschlagen habe. Aber womit soll ich es ersetzen? Soll ich Jefferson abliefern? Oder lieber Thoreau? Welches ist am wenigsten wert? Wenn ich es durch ein anderes ersetze, und Beatty weiß, welches ich mitlaufen ließ, dann kann er sich ausrechnen, daß wir hier eine ganze Bibliothek haben!«

In Mildreds Gesicht zuckte es. »Siehst du jetzt, was du angerichtet hast? Du wirst uns zugrunde richten! Was ist wichtiger, ich oder die Bibel da?« Ihre Stimme steigerte sich zu einem Kreischen; wie eine Wachspuppe saß sie da, die in ihrer eigenen Hitze zerschmilzt.

Er glaubte Beattys Stimme zu hören. »Setz dich hin, Montag. Sieh zu. Zart wie ein Blütenblatt. Zünde die erste Seite an, zünde die zweite Seite an. Jede wird zu einem schwarzen Schmetterling. Schön, wie? Zünde die dritte Seite an der zweiten an, und so fort, kettenraucherderweise, Kapitel um Kapitel, all das abgeschmackte Zeug, was drin steht, all die falschen Verheißungen, all die angelesenen Meinungen und abgedroschenen Weisheiten.« Da saß Beatty, leichten Schweiß auf der Stirn, am Boden verstreut ganze Schwärme schwarzer Falter, die in einem einzigen Gewitter umgekommen waren.

Mildred hörte ebenso rasch auf zu kreischen, wie sie anfing. Montag hörte gar nicht hin. »Es bleibt uns nichts anderes übrig«, sagte er. »Bevor ich das Buch heute abend abliefere, muß ich irgendwie eine Abschrift machen lassen.«

»Du siehst dir doch den Weißen Clown an heute abend, wenn Besuch kommt?« rief Mildred.

Montag blieb unter der Tür stehen, mit dem Rücken gegen seine Frau. »Millie?«

Eine Pause. »Bitte?«

»Millie? Liebt dich der Weiße Clown?«

Keine Antwort.

»Millie, liebt dich –« Er fuhr mit der Zunge über die Lippen. »Liebt dich deine ›Familie‹, liebt sie dich sehr, liebt sie dich von ganzem Herzen, Millie?«

Ihm war, als könne er sehen, wie verdutzt sie war.

»Was soll denn die alberne Frage?«

Am liebsten hätte er losgeheult, aber seine Augen blieben trocken.

»Wenn du draußen den Hund siehst«, sagte Millie, »gib ihm einen Tritt von mir.«

Er lauschte an der Tür und zögerte. Dann machte er auf und trat hinaus.

Es regnete nicht mehr; am klaren Abendhimmel ging eben die Sonne unter. Straße und Rasen und Vorbau waren verlassen. Er atmete auf und machte die Tür hinter sich zu.

Er fuhr mit der Untergrundbahn.

Ich bin wie abgestorben, dachte er. Wann hat die Fühllosigkeit eigentlich eingesetzt im Gesicht? Im Körper? Damals, als ich nachts gegen das Pillenfläschchen trat, als wäre es eine vergrabene Mine.

Die Fühllosigkeit wird sich geben, dachte er. Es wird einige Zeit dauern, aber ich schaffe es, oder Faber wird es für mich schaffen. Irgend jemand irgendwo wird mir wieder zu meinem früheren Gesicht und meinen früheren Händen verhelfen. Sogar das Lächeln, das alte eingebrannte Lächeln ist mir abhanden gekommen. Es fehlt mir sehr.

Der Tunnel flog an ihm vorbei, gelbgekachelt, pechfinster,

gelbgekachelt, pechfinster, Zahlen und Schwärze, noch mehr Schwärze und das Ganze in eins gerechnet.

Einst als Kind hatte er auf einer gelben Düne am Meer gesessen, mitten an einem blauen und heißen Sommertag, und hatte sich abgemüht, ein Sieb mit Sand zu füllen, weil irgendein grausamer Erwachsener gesagt hatte: »Füll dieses Sieb, und du kriegst einen Groschen!« Je rascher er einfüllte, um so rascher rann es mit heißem Geriesel aus. Seine Hände waren müde, der Sand brannte, das Sieb war und blieb leer. Er saß da in der Sommerhitze und fühlte, wie ihm die Tränen lautlos übers Gesicht tropften.

Wie nun die Sogbahn ihn ruckweise durch den toten Keller der Stadt beförderte, kam ihm die furchtbare Lehre jenes Sommertags wieder in den Sinn, und er senkte den Blick und bemerkte, daß er die Bibel aufgeschlagen in der Hand hielt. Es fuhren noch andere im selben Wagen, aber er tat das Buch nicht weg und hatte plötzlich den törichten Einfall, wenn er rasch lese und alles lese, werde vielleicht etwas von dem Sand im Sieb bleiben. Er las, aber die Wörter rieselten durch, und er dachte, in ein paar Stunden stehst du vor Beatty und wirst das Ding aushändigen, kein Wort darf mir deshalb entgehen, jede Zeile muß im Gedächtnis haften. Ich will es selber schaffen.

Krampfhaft hielt er das Buch zu ...

Posaunen schmetterten.

»Zanders Zahnpasta.«

Schweig, dachte Montag. Schauet die Lilien auf dem Felde.

»Zanders Zahnpasta.«

Sie arbeiten nicht –

»Zanders –«

Schauet die Lilien auf dem Felde, schweig doch, schweig!

»Zahnpasta!«

Er schlug das Buch auf und blätterte um, betastete die Seiten wie ein Blinder, faßte einzelne Buchstaben ins Auge, starren Blicks.

»Zanders. Schreibt sich Z-A-N-«

Sie arbeiten nicht, auch spinnen sie nicht...

Ein Geriesel heißen Sandes durch ein leeres Sieb.

»Zanders wirkt Wunder!«

Schauet die Lilien, die Lilien, die Lilien...

»Zanders Zahnpulver.«

»Schweig, schweig, schweig!« Es war ein so flehentlicher Schrei, daß die Mitfahrenden ihn entsetzt anstarrten und vor dem Mann zurückwichen, der aufgesprungen war, dem Mann mit dem irren, verquollenen Gesicht, der Sinnloses hervorstieß und mit dem flatternden Buch fuchtelte. Die Mitfahrenden, die einen Augenblick vorher dagesessen und mit dem Fuß gewippt hatten, im Takt mit Zanders Zahnpasta, Zanders zauberhaftem Zahnpulver, Zanders Zahnpasta, Zahnpasta, Zahnpasta, eins zwei, eins zwei drei, eins zwei, eins zwei drei. Die Leute, denen das Zahnpasta Zahnpasta Zahnpasta um die Lippen gezuckt hatte. Als Vergeltung für Montags Gehaben spie nun der Lautsprecher fuderweise Musik aus, Musik aus Blech, Kupfer, Silber, Chrom und Messing. Die Leute wurden zermalmt, sie muckten nicht auf, sie konnten nicht davonlaufen; der Sogzug sauste durch den Schacht unter der Erde.

»Lilien auf dem Felde.«

»Zanders.«

»Lilien, hab ich gesagt!«

Die Leute machten große Augen.

»Holt den Zugführer.«

»Der Mann ist wohl nicht ganz –«

Knoll View!«

Fauchend kam der Zug zum Stehen.

Knoll View!« Überlaut.

»Zanders.« Ganz leise.

Montag bewegte kaum die Lippen. »Lilien...«

Die Wagentür öffnete sich zischend. Montag erhob sich. Die Tür keuchte, begann sich zu schließen. Erst da drängte er sich mit einem Satz an den Mitfahrenden vorbei, innerlich laut schreiend, und zwängte sich im letzten Augenblick durch die fast geschlossene Schiebetür. Er lief durch die Tunnel, die weißgekachelten Stufen hinan, ohne die Rolltreppe zu beachten; er wollte Bewegung spüren in den Füßen, den schwingenden Armen, der keuchenden Lunge, ein Gefühl der bissigen Luft in der Kehle. Aus der Ferne hallte es »Zanders Zanders Zanders«, der Zug zischte wie eine Schlange und verschwand im Gestein.

»Wer ist da?«

   »Montag.«

   »Was wünschen Sie?«

   »Lassen Sie mich ein.«

   »Ich habe nichts getan!«

   »Ich bin allein, verdammt nochmal!«

   »Können Sie das beschwören?«

   »Ich schwöre es!«

Langsam ging die Haustür auf. Faber spähte durch den Spalt; er wirkte greisenhaft in dem Licht und äußerst zerbrechlich und verängstigt. Man hätte meinen können, er habe das Haus seit Jahren nicht mehr verlassen; er hob sich kaum ab von den weißen Gipswänden drinnen. Er war weiß um den Mund und die Wangen herum, und seine Haare waren weiß und seine Augen verblaßt, mit Weißem in dem undeutlichen Blau. Dann fiel sein Blick auf das Buch, das Montag unter den Arm geklemmt trug, und er sah nicht mehr so alt aus und nicht ganz so zerbrechlich. Allmählich fiel die Furcht von ihm ab.

   »Verzeihen Sie. Man muß Vorsicht walten lassen.«

Er verwandte keinen Blick von dem Buch unter Montags Arm. »Es ist also doch wahr.«

Montag trat ein. Die Tür ging zu.

   »Nehmen Sie Platz.« Faber bewegte sich rückwärts, als fürchte er, das Buch könne sich verflüchtigen, wenn er es aus den Augen lasse. Hinter ihm stand die Tür zu einer Schlafkammer offen, und in dieser Kammer lag auf einem Schreibtisch ein Gewirr von Maschinenteilen und Werkzeug verstreut. Montag sah es nur flüchtig, ehe Faber, durch seinen Blick aufmerksam geworden, sich umwandte und die Tür rasch zuzog und mit der Klinke in zittriger Hand stehen blieb. Unsicher sah er wieder zu Montag her, der mit dem Buch auf dem Schoß Platz genommen hatte. »Das Buch – wo haben Sie –?«

»Ich habe es entwendet.«

Zum ersten Mal sah ihm Faber in die Augen. »Sie haben Mut.«

»Nein«, wehrte Montag ab. »Meine Frau lebt nicht mehr lange. Eine Freundin von mir ist bereits tot. Jemand, mit dem ich mich hätte befreunden können, wurde verbrannt, es sind keine vierundzwanzig Stunden her. Sie sind der einzige, der mir helfen kann. Zu sehen. Zu sehen ... «

Faber zuckte es in den Händen. »Darf ich?«

»Ach so.« Montag reichte ihm das Buch.

»Es ist lange her. Ich bin kein religiöser Mensch. Aber es ist schon lange her.« Er wendete die Seiten und las da und dort eine Stelle. »Es ist so gut, wie ich es in der Erinnerung hatte. Du meine Güte, was hat man im Fernsehfunk daraus gemacht! Christus gehört heute zur ›Familie‹. Ich frage mich oft, ob Gott seinen eigenen Sohn wiedererkennte in der heutigen Verkleidung. Er ist nachgerade ein richtiger Zuckerstengel, lauter Süßholz und Sacharin, wenn er nicht gerade verschleierte Andeutungen macht auf gewisse Fabrikate, die jeder Gläubige zu seinem Seelenheil unbedingt braucht.« Faber steckte die Nase ins Buch. »Wissen Sie, daß Bücher nach Muskatnuß oder nach sonstwelchen fremdländischen Gewürzen riechen? Als Junge habe ich immer gerne daran geschnuppert. Gott, was gab es früher schöne Bücher, ehe wir davon abkamen.« Faber blätterte weiter. »Montag, Sie haben einen Feigling vor sich. Ich habe es kommen sehen, damals, vor langer Zeit, ohne aufzubegehren. Ich bin einer der Unbelasteten, die das Wort hätten ergreifen können, als man auf die ›Schuldigen‹ längst nicht mehr hörte, aber ich habe geschwiegen und bin so selber schuldig geworden. Und als man schließlich die Bücherverbrennung einführte, um die Feuerwehr zu beschäftigen, da habe ich mich murrend damit abgefunden; damals gab es nämlich schon niemand mehr, der mitgemurrt oder gar mitgeschrien hätte. Jetzt ist es zu spät.« Faber klappte die Bibel zu. »Nun – wollen Sie mir nicht sagen, was Sie hergeführt hat?«

»Kein Mensch hört mehr auf den andern. Mit den Wänden kann ich nicht reden, denn sie schreien *mich* an. Mit meiner Frau kann ich nicht reden; sie hört den Wänden zu. Ich brauche einen Zuhörer für das, was ich zu sagen habe. Wenn ich lange genug rede, kommt vielleicht Sinn und Verstand hinein. Und ich möchte von Ihnen lernen, wie man mit Verständnis liest.«

Faber musterte Montags schmales, blaubackiges Gesicht. »Wie ist denn das gekommen? Was hat Ihnen die Brandfackel aus der Hand geschlagen?«

»Ich weiß es nicht. Wir haben alles, was wir brauchen, um glücklich zu sein, aber wir sind es nicht. Etwas fehlt. Ich habe mich umgesehen. Das einzige, von dem ich mit Bestimmtheit wußte, daß es uns abhanden gekommen ist, das sind die Bücher, die ich in den letzten zehn, zwölf Jahren verbrannt habe. So kam ich auf den Gedanken, es seien vielleicht die Bücher, die uns fehlen.«

»Sie sind ein hoffnungsloser Schwärmer«, erwiderte Faber. »Es wäre komisch, wenn es nicht lebensgefährlich wäre. Was Sie brauchen, sind nicht Bücher, sondern einiges von dem, was einst in Büchern stand. Es *könnte* auch auf den Fernsehwänden stehen. Derselbe wache Sinn könnte sich auch durch Rundfunk und Fernsehfunk mitteilen, tut es aber nicht. Nein, nein, es sind nicht Bücher, was Sie suchen. Sie finden es ebensogut in alten Schallplatten, alten Filmen und in alten Freunden, Sie finden es in der Natur und in Ihrem Innern. Bücher sind nicht die einzigen Behälter, in die wir Dinge einlagerten, die wir zu vergessen fürchteten. An sich haben sie gar nichts Überwirkliches. Ihre Zauberkraft beruht auf dem, was darin steht, in der Art, wie darin aus Fetzen des Weltalls ein Gewand für uns genäht wurde. Natürlich konnten Sie das nicht wissen, natürlich verstehen Sie auch jetzt noch nicht, was ich damit meine. Gefühlsmäßig aber haben Sie recht, und darauf kommt es an. Es sind drei Dinge, die uns abhanden gekommen sind.

Erstens: Wissen Sie, warum Bücher wie dieses hier so wichtig sind? Weil sie Rang haben. Und was heißt das, Rang? Für mich besteht er im Gefüge eines Buches. Dieses Buch hier hat Poren. Es hat ein Gesicht, man kann es unter die Lupe nehmen und Leben in unendlicher Fülle darin entdecken. Je mehr Poren, je mehr wahrheitsgemäß festgehaltene, lebendige Einzelzüge man auf den Quadratzoll beschriebenen Papiers hinkriegt, um so mehr gehört man zur ›Literatur‹. Das ist jedenfalls meine Auffassung. *Bedeutsame Einzelzüge*. Frische Beobachtungen. Die guten Schriftsteller rühren oft ans Leben. Die mittelmäßigen streifen es flüchtig. Die schlechten vergewaltigen es und überlassen es den Schmeißfliegen.

Sehen Sie nun ein, warum Bücher gehaßt und gefürchtet werden? Sie zeigen das Gesicht des Lebens mit all seinen Poren. Der Spießbürger will aber nur Wachsgesichter ohne Poren, ohne Haare, ohne Ausdruck. Wir leben in einer Zeit, wo die Blumen sich von Blumen nähren wollen, statt von gutem Regen und guter schwarzer Erde. Selbst ein Feuerwerk, so hübsch es ist, stammt aus der Chemie der Erde. Und da glauben wir von Blumen und Feuerwerk leben zu können, ohne auf die Wirklichkeit zurückzukommen. Kennen Sie die Sage von Herakles und Antäus, dem riesigen Ringkämpfer, dessen Kraft unerhört war, solange er mit beiden Füßen auf der Erde stand. Erst als er von Herakles in die Luft gehoben wurde, kam er, entwurzelt, ums Leben. Wenn an dieser Sage nicht etwas ist, das uns angeht, hier und heute, dann weiß ich überhaupt nichts. Das wäre also das erste, was uns nottut. Rang, dichtgefügte Aussage.«

»Und das zweite?«

»Muße.«

»Aber wir haben doch eine Menge Freizeit.«

»Freizeit, ja. Aber Zeit, um nachzudenken? Wenn man nicht mit hundertfünfzig Stundenkilometer dahinstiebt, wobei man an nichts als an die Lebensgefahr zu denken vermag, dann treibt man irgendeinen Sport oder sitzt in seinen vier Fernsehwänden, mit denen sich schlecht streiten läßt. Warum? Das Fernsehen ist

›Wirklichkeit‹, es drängt sich auf, es hat Ausmaß. Es bleut einem ein, was man zu denken hat. Es muß ja recht haben; es hat den Schein für sich. Es reißt einen so unaufhaltsam mit, wohin immer es will, daß man gar nicht dazu kommt, gegen den traurigen Unsinn aufzubegehren.«

»Nur die ›Familie‹ gilt als ›Welt‹.«

»Wie bitte?«

»Meine Frau behauptet, Bücher hätten keine Wirklichkeit.«

»Gott sei Dank, man kann sie zumachen, kann sagen ›wart einen Augenblick‹. Man gebietet unumschränkt über sie. Wer hingegen hat sich je vom Fernsehzimmer losreißen können, wenn er einmal in seine Umklammerung geraten ist? Es macht aus einem, was ihm beliebt. Es ist eine Umwelt, so wirklich wie die Welt selber. Sie wird und ist dann wahr. Bücher können verstandesmäßig widerlegt werden, aber bei all meinem Wissen und all meiner Zweifelsucht war ich noch nie imstande, einem hundertköpfigen Symphonieorchester gegenüber zu Wort zu kommen, noch dazu in Farben mit 3 D-Raumton, und alles das in diesen unwahrscheinlichen vier Wänden. Wie Sie sehen, besteht meine Stube nur aus vier Gipswänden. Und dann das da.« Er wies zwei kleine Gummistöpsel vor. »Für meine Ohren, wenn ich mit der U-Bahn fahre.«

»Zanders Zahnpasta; sie arbeiten nicht, auch spinnen sie nicht«, bemerkte Montag, mit geschlossenen Augen. »Wie kommen wir da je wieder heraus? Könnten uns Bücher nicht von Nutzen sein?«

»Nur wenn das dritte Erfordernis gegeben wäre. Das erste war, wie gesagt, Rang der Aussage. Das zweite, Muße, sie innerlich zu verarbeiten. Und drittens: das Recht, nach dem zu handeln, was sich uns aus dem Zusammenwirken der ersten beiden Dinge ergibt. Und ich glaube kaum, daß ein Greis und ein abtrünniger Feuerwehrmann in diesem vorgerückten Zeitpunkt noch viel ausrichten werden...«

»Ich kann Bücher beschaffen.«

»Sie bringen sich in Gefahr.«

»Das ist das Gute am Sterben; wenn man nichts mehr zu verlieren hat, scheut man keine Gefahr mehr.«

»Sehen Sie«, lachte Faber, »da haben Sie etwas Bemerkenswertes gesagt, ohne es irgendwo gelesen zu haben.«

»Steht dergleichen in den Büchern? Ich habe es nur so aus dem Ärmel geschüttelt.«

»Um so besser, dann haben Sie es nicht für mich oder sonst jemand aufgedonnert, nicht einmal für Sie selber.«

Montag beugte sich vor. »Heute nachmittag kam mir der Gedanke, wenn an den Büchern wirklich etwas liegen sollte, könnten wir uns eine Druckerpresse besorgen und weitere Exemplare herstellen –«

»Wir?«

»Sie und ich.«

»Ohne mich!« Fabers Haltung versteifte sich.

»Hören Sie doch meinen Plan –«

»Noch ein Wort, und ich muß Sie bitten, mein Haus zu verlassen.«

»Wäre es denn nichts für Sie?«

»Nicht wenn Sie anfangen Reden zu führen, die mich auf den Scheiterhaufen bringen können. Zuhören könnte ich Ihnen höchstens, wenn Sie mir eine Möglichkeit zeigen, die Feuerwehr überhaupt loszuwerden, wenn Sie zum Beispiel meinen, wir sollten Bücher drucken, um sie landauf, landab in die Wohnungen der Feuerwehrleute einzuschmuggeln und unter den Brandstiftern Zwietracht zu säen, da würde ich Beifall klatschen!«

»Die Bücher einschmuggeln, Anzeige erstatten und die Häuser der Feuerwehrleute in Flammen aufgehen sehen, ist es das, was Ihnen vorschwebt?«

Faber machte erstaunte Augen, als sehe er einen ganz neuen Menschen vor sich. »Ich habe nur Spaß gemacht.«

»Wenn Sie finden, es lohne sich, müßte ich es Ihnen aufs Wort glauben.«

»Dergleichen läßt sich nicht gewährleisten! Schließlich hatten wir einst Bücher genug und mußten doch den Sprung in die Tiefe tun. Aber wir könnten eine Verschnaufpause brauchen. Wir könnten etwas Weisheit brauchen. Und dann, in tausend Jahren, springen wir vielleicht nicht mehr so tief. Die Bücher sind dazu da, uns in Erinnerung zu rufen, was für Esel und Schöpse wir sind; sie versehen bei uns den Dienst derjenigen, die Cäsar auf einem Triumphzug zuraunen mußten: ›Vergiß nicht, Cäsar, daß du sterblich bist.‹ Die wenigsten von uns können reisen, mit jedermann sprechen, alle Städte der Welt kennen, dazu haben wir weder Zeit, Geld, noch genug Freunde. Was Sie suchen, Montag, findet sich auf der Welt, aber der Durchschnittsmensch bekommt neunundneunzig von hundert Dingen überhaupt nie zu sehen, höchstens in Büchern. Fragen Sie nicht nach Sicherheit. Und rechnen Sie nicht damit, Ihr Seelenheil in einer einzigen Sache, Person, Partei oder Bibliothek zu finden. Machen Sie Ihr Seelenheil mit sich selber ab, und wenn Sie dabei untergehen, geschieht es wenigstens im Bewußtsein, den rettenden Strand angesteuert zu haben.«

Faber stand auf und begann das Zimmer zu durchmessen.

»Nun?« fragte Montag.

»Ist es Ihnen ganz und gar Ernst damit?«

»Ganz und gar.«

»Es ist ein arglistiger Plan, ich muß schon sagen.« Faber warf einen ängstlichen Blick nach der Schlafkammer. »Die Häuser der Feuerwehrleute landauf, landab in Flammen zu sehen, zerstört als Brutstätten des Hochverrats. Der Salamander beißt sich in den Schwanz. Herrgott nochmal!«

»Ich besitze ein Verzeichnis der Wohnungen sämtlicher Feuerwehrleute. Mit einer Art Untergrundbewegung –«

»Man kann niemand mehr trauen, das ist es ja! Sie und ich, wir stecken die Häuser in Brand, und wer noch?«

»Gibt es denn keine Dozenten wie Sie, ehemalige Schriftsteller, Geschichtsschreiber, Sprachkundler...?«

»Tot oder uralt.«

»Je älter desto besser, dann bleiben sie unbeachtet. Sie kennen doch Dutzende, geben Sie es nur zu!«

»Ach, es gäbe schon genügend Schauspieler, die seit Jahren in keinem Pirandello oder Shaw oder Shakespeare mehr aufgetreten sind, weil deren Stücke einen allzu wachen Sinn verraten. Wir könnten uns ihren Unmut zunutze machen. Und auch den ehrlichen Zorn der Historiker, die seit vierzig Jahren keine Zeile mehr geschrieben haben. Gewiß, wir könnten anfangen, die Leute im Denken und Lesen zu schulen.«

»Ja!«

»Aber damit würde höchstens ein Rand angeknabbert. Unsere Kulturwelt ist von innen heraus verseucht. Das ganze Gerüst muß umgeschmolzen werden. Du lieber Himmel, es gilt nicht bloß ein Buch wieder aufheben, wo man es vor einem halben Jahrhundert hingelegt hat, so einfach ist die Sache nicht. Bedenken Sie doch, daß es der Feuerwehr kaum bedarf. Die Leute haben von selber aufgehört zu lesen. Ihr von der Feuerwehr sorgt ab und zu für eine Volksbelustigung, indem ihr Häuser in Brand steckt, aber das ist nur ein Flohzirkus. Es ginge wohl auch ohne euch. Die aufrührerischen Gemüter sind so gut wie ausgestorben. Und von den wenigen, die es noch gibt, sind die meisten Duckmäuser wie ich. Können Sie besser tanzen als der Weiße Clown, lauter schreien als die Marktschreier und die Fernsehfamilien? Nur wenn Sie das können, werden Sie sich durchsetzen, Montag. Ein Narr sind Sie auf jeden Fall. Die Leute haben doch ihr Vergnügen.«

»Als Mörder und Selbstmörder!«

Geschwader von Bombern waren nach Osten geflogen, während die beiden ihr Gespräch führten; erst jetzt hielten sie inne und horchten, aufgewühlt von dem Getöse.

»Geduld, Montag. Mag der Krieg die ›Familien‹ abstellen. Unsere Kulturwelt reißt sich selber in Stücke. Nur weg vom Teufelsrad!«

»Jemand muß bereit stehen, wenn alles in die Luft geht.«

»Wie? Menschen, die Milton zitieren? Menschen, die sagen, sie wüßten noch von Sophokles? Die den Überlebenden bedeuten, der Mensch habe auch seine gute Seite? Die Leute werden sich nur gegenseitig mit Steinen den Schädel einwerfen. Montag, gehen Sie nach Hause. Gehen Sie zu Bett. Warum wollen Sie Ihre letzten Stunden im Käfig damit zubringen, daß Sie sich einreden, Sie seien kein Eichhörnchen?«

»Dann liegt Ihnen also nichts daran?«

»Mir liegt so viel daran, daß mir schon ganz elend ist.«

»Und da wollen Sie mir nicht helfen?«

»Gute Nacht, gute Nacht.«

Montags Hand griff nach der Bibel. Er merkte, was die Hand getan hatte und schien verblüfft.

»Würden Sie das hier gerne Ihr eigen nennen?«

»Ich gäbe meinen rechten Arm darum.«

Montag stand da und harrte der Dinge, die kommen sollten. Seine Hände hatten sich selbständig gemacht und begannen die Seiten aus dem Buch herauszureißen, zuerst das Vorsatzpapier und dann die erste Seite und dann die zweite.

»Was tun Sie denn, Sie Kindskopf!« Faber sprang auf, als hätte er eine Ohrfeige bekommen. Er fiel über Montag her, doch dieser wehrte ihn ab und ließ seine Hände weitermachen. Noch sechs Seiten flatterten zu Boden. Er hob sie auf und zerknüllte sie unter Fabers Augen.

»Nicht, bitte nicht!« flehte der Greis.

»Wer kann mich daran hindern? Ich bin von der Feuerwehr. Ich kann Sie verbrennen!«

Faber sah ihn an. »Das dürfen Sie nicht tun.«

»Ich könnte es.«

»Das Buch, meine ich. Reißen Sie nicht noch mehr heraus.« Faber sank auf einen Stuhl, kreideweiß im Gesicht, mit bebenden Lippen. »Ich ertrage nicht mehr viel. Was verlangen Sie von mir?«

»Ich brauche Sie als Lehrer.«

»Meinetwegen, meinetwegen.«

Montag legte das Buch nieder. Er fing an, das zerknüllte Papier auseinanderzuklauben und glattzustreichen, während der Alte ihm erschöpft zuschaute.

Faber schüttelte den Kopf, als erwache er aus einem Traum.

»Montag, haben Sie Geld?«

»Etwas. Vierhundert, fünfhundert Dollar. Warum?«

»Bringen Sie es mir. Ich kenne einen, der vor fünfzig Jahren unsere Schulzeitung druckte. Das war damals, als ich zu Beginn des neuen Semesters nur einen Hörer vorfand in meiner Vorlesung über das Drama von Äschylus bis O'Neill. Sehen Sie? Es war, wie wenn eine schöne Statue aus Eis an der Sonne dahinschmilzt. Ein großes Zeitungssterben hatte damals eingesetzt. Niemand trauerte ihnen nach, niemand vermißte sie. Und dann merkte die Regierung, wie vorteilhaft es ist, wenn die Leute nichts anderes lesen als *Leidenschaftliche Lippen* und die *Faust in der Fresse,* und tat ein übriges, indem sie die Feuerwehr aufbot. Das wäre also dieser arbeitslose Buchdrukker. Wir könnten vorerst ein paar Bücher herstellen und darauf bauen, daß der Krieg alles aus dem Geleise wirft und uns den nötigen Auftrieb gibt. Ein paar Bomben, und die ›Familien‹ an den Zimmerwänden werden sich verkriechen! In der Stille, die dann entsteht, mag unsere Stimme hörbar werden.«

Beide standen sie da und betrachteten das Buch auf dem Tisch.

»Ich wollte es mir einprägen«, bemerkte Montag. »Aber alles ist im Handumdrehen wieder weg. Herrgott, ich muß doch etwas haben, um dem Hauptmann Widerpart halten zu können. Er ist belesen und nie um eine Antwort verlegen. Seine Stimme ist sanft wie Butter. Ich fürchte, er wird mich wieder herumkriegen. Schließlich ist es noch keine Woche her, daß ich die Kerosinspritze handhabe und dachte: was für ein Mordsspaß!«

Der Alte nickte. »Wer nicht aufbaut, muß niederbrennen. Das ist eine alte Geschichte, so alt wie die Menschheit und jugendliche Missetäter.«

»Ach, zu denen gehöre ich also.«

»Etwas davon steckt in jedem von uns.«

Montag wandte sich zum Gehen. »Können Sie mir irgendwie behilflich sein, heute abend beim Feuerwehrhauptmann? Ich brauche einen Schirm, um das Unwetter abzuhalten. Sonst ersaufe ich noch, wenn er mich wieder kriegt.«

Faber erwiderte nichts, er sah bloß wieder ängstlich nach der Schlafkammertür. Montag fing den Blick auf. »Also?«

Der Alte holte tief Atem, hielt ihn an und ließ ihn entweichen. Er schöpfte nochmals Atem, mit zusammengepreßten Lidern und Lippen, und atmete zuletzt aus. »Montag...«

Schließlich wandte er sich um und sagte: »Kommen Sie. Beinahe hätte ich Sie gehen lassen. Ich bin und bleibe ein Duckmäuser.«

Er machte die Tür zur Schlafkammer auf und geleitete Montag in eine kleine Werkstatt. Auf einem Tisch lagen Werkzeuge inmitten eines Durcheinanders von winzigen Haardrähten, Spulen und Kristallen.

»Was ist das?« fragte Montag.

»Ein Beweis meiner schändlichen Feigheit. Ich bin so lange Jahre allein gewesen mit den Bildern, die meine Phantasie an die Wand warf. Kurzwellensender zu basteln ist mein Steckenpferd. Meine Feigheit hat dermaßen von mir Besitz ergriffen, als Ergänzung zu dem aufrührerischen Geist, der in ihrem Schatten lebt, daß ich mich genötigt sah, das hier zu erfinden.«

Er hob einen kleinen, metallisch-grünen Gegenstand auf, nicht größer als eine Revolverpatrone.

»Bezahlt habe ich das alles – womit? Indem ich an der Börse spekulierte, natürlich. Die letzte Zuflucht des staatsgefährlichen Intellektuellen, der keine Arbeit hat. So habe ich denn all das zusammengebastelt und gewartet. Ein halbes Leben lang habe ich darauf gewartet, daß mich jemand anspricht. Selber traute ich mich nicht, jemand anzusprechen. Damals im Park, als wir beieinander saßen, wußte ich, daß Sie eines Tages vorbeikommen würden, mit Feuer oder Freundschaft, je nachdem. Das kleine Ding da liegt seit Monaten bereit. Und doch hätte ich Sie beinahe gehen lassen, Angsthase, der ich bin.«

»Es sieht aus wie eine Funkmuschel.«

»Und noch was dazu! Sender und Empfänger in einem! Wenn Sie es ins Ohr stecken, Montag, kann ich bequem zu Hause sitzen, meine morschen Knochen wärmen und ohne Gefahr abhören, was in der Welt der Feuerwehrleute geschieht, kann ihre schwachen Punkte herausfinden. Ich bin die Bienenkönigin im sicheren Stock. Sie werden die Arbeitsbiene sein, das wandernde Ohr. Zu guter Letzt kann ich Ohren nach allen Stadtteilen ausstrecken, in Gestalt verschiedener Träger, und was mir zu Gehör kommt, verwerten. Wenn den Arbeitsbienen etwas zustößt, sitze ich Duckmäuser immer noch wohlbehalten zu Hause und verbinde ein Höchstmaß an Bequemlichkeit mit einem Mindestmaß an Gefahr. Sehen Sie, wie ich mich gesichert habe, wie verächtlich ich bin?«

Montag schob das grüne Zäpfchen ins Ohr. Der Greis steckte sich einen ähnlichen Gegenstand ins Ohr und bewegte die Lippen.

»Montag.«

Die Stimme tönte in Montags Kopf drinnen.

»Ich kann Sie hören!«

Faber lachte. »Ich empfange Sie ebenfalls vortrefflich!« sagte er leise, aber die Stimme in Montags Kopf war klar und deutlich. »Gehen Sie zur Feuerwache, wenn es Zeit ist. Ich werde bei Ihnen sein. Wir wollen diesen Hauptmann Beatty gemeinsam anhören. Vielleicht ist er einer der unsern, wer weiß. Ich flüstere Ihnen ein, was Sie entgegnen können. Wir werden ihm Red und Antwort stehen. Hassen Sie mich dieser meiner elektronischen Feigheit wegen? Da jage ich Sie nun in die Nacht hinaus, während ich in Deckung bleibe und mit meinen verfluchten Ohrkapseln horche, ob Ihnen der Kopf abgehauen wird.«

»Jeder tut das seine«, meinte Montag. Er drückte dem alten Mann die Bibel in die Hand. »Da! Ich ersetze das Buch durch ein anderes und lasse es darauf ankommen. Morgen...«

»...spreche ich mit dem arbeitslosen Buchdrucker, gewiß; das wenigstens kann ich tun.«

»Gute Nacht, Herr Professor.«

»Nicht gute Nacht. Ich bin die ganze Nacht bei Ihnen, als Mückengesums in Ihrem Ohr, wenn Sie mich brauchen. Aber immerhin, gute Nacht und viel Glück!«

Die Tür ging auf und wieder zu. Montag stand auf der Straße und hatte abermals die dunkle Welt vor sich.

Man konnte es in jener Nacht am Himmel ablesen, wie der Krieg sich zusammenbraute. Die Art, wie die Wolken sich verschoben, und wie das Sternenheer zwischen ihnen schwebte, wie feindliche Geschosse, und die Ahnung, der Himmel könnte auf die Stadt herabstürzen und sie in Staub verwandeln, und der Mond könnte in rotes Feuer zerspringen, so war einem in jener Nacht zumute.

Montag kam von der Untergrundbahn her, mit dem Geld in der Tasche (er war auf der Bank gewesen, die stets die ganze Nacht geöffnet war, mit den Robotern am Schalter), und hörte im Gehen Nachrichten von der Funkmuschel im Ohr... »Wir haben eine Million Mann unter die Waffen gerufen. Ein rascher Sieg ist unser, wenn es zum Krieg kommt...« Musik schwemmte die Stimme hinweg.

»Zehn Millionen Mann unter den Waffen«, raunte Fabers Stimme in seinem andern Ohr. »Sprich eine Million. Die Leute hören es lieber.«

»Faber?«

»Ja?«

»Ich denke nicht selber, ich führe nur aus, was man mir aufgetragen, wie schon immer. Sie hießen mich das Geld holen, und ich hab's geholt. Selber wäre es mir nicht eingefallen. Wann fange ich an, mir selber etwas auszudenken?«

»Sie haben bereits angefangen, indem Sie sagten, was Sie eben gesagt haben. Sie werden mir aufs Wort glauben müssen.«

»Den andern habe ich auch aufs Wort geglaubt!«

»Ja, und weit haben wir's dabei gebracht! Sie werden eine Zeitlang blind steuern müssen. Hier ist mein Arm, an den Sie sich halten können.«

»Wenn ich zum Gegner überlaufe, will ich nicht nur tun, was man mich heißt. Sonst brauche ich gar nicht überzulaufen.«

»Sie sind bereits weise!«

Wie von selber bewegte sich Montag auf dem Gehsteig, seinem Haus zu. »Reden Sie weiter.«

»Soll ich Ihnen etwas vorlesen? Ich lese Ihnen etwas, damit Sie es sich einverleiben können. Ich brauche ohnehin nur fünf Stunden Schlaf und habe nichts zu tun. Wenn Sie wollen, lese ich Sie nachts in Schlummer. Es heißt, Dinge blieben im Gedächtnis haften, wenn sie dem Schlafenden ins Ohr geflüstert werden.«

»Ja, bitte.«

»Also.« In weiter Ferne, vom andern Ende der Stadt her, das kaum hörbare Geräusch des Umblätterns. »Das Buch Hiob.«

Der Mond ging auf, während Montag dahinschritt, ein leises Zucken um die Lippen.

Um neun Uhr saß er beim Abendessen, als die Haustür sich meldete und Mildred aus dem Wohnzimmer gelaufen kam wie jemand auf der Flucht vor einem Vulkanausbruch. Frau Phelps und Frau Bowles kamen von draußen herein und verschwanden im Innern des Vulkans mit Martinis in der Hand. Montag hörte auf zu essen. Wie das Glöckchenspiel eines übergroßen Kristallleuchters hatten die Stimmen der drei Frauen durcheinander gebimmelt; er sah ihr ewiges Lächeln förmlich Löcher in die Wand brennen; und jetzt suchten sie mit Gekreisch den Höllenspektakel zu übertönen.

Unwillkürlich trat er, mit vollem Mund kauend, unter die Wohnzimmertür.

»Wie nett alle aussehen!«

»Nett.«

»Du siehst blendend aus, Millie!«

»Blendend.«

»Alle sehen toll aus.«

»Toll.«

Montag sah sich das an.

»Geduld«, sagte Faber leise.

»Ich sollte gar nicht hier sein«, murmelte Montag vor sich hin, »ich sollte mit dem Geld unterwegs zu Ihnen sein.«

»Das hat Zeit bis morgen. Vorsicht!«

»Ist die Wochenschau nicht wunderbar!« rief Mildred.

»Wunderbar.«

Auf der einen Wand lächelte eine Dame und trank gleichzeitig Orangensaft. Wie macht sie das bloß, beides miteinander? dachte Montag unpassenderweise. Auf den andern Wänden zeigte eine Röntgenaufnahme derselben Dame, wie das erfrischende Getränk in ihren entzückten Magen hinunterkullerte. Unvermittelt stieg das Zimmer zu einem Raketenflug in die Wolken auf, es tauchte in eine hellgrüne See, wo blaue Fische rote und gelbe verschluckten. Eine Minute später folgte eine Trickzeichnung, in welcher Drei Weiße Clowns sich gegenseitig die Glieder abhackten, umbrandet von tosendem Gelächter. Zwei Minuten danach schnellte das Zimmer mitten auf eine Rennbahn draußen vor der Stadt, wo Turbinenautos ringsum fauchten, zusammenprallten, sich voneinander lösten und wieder ineinander verkeilten. Montag sah eine Anzahl Körper durch die Luft fliegen.

»Millie, hast du *das* gesehen!«

»Ich hab's gesehen, ich hab's gesehen!«

Montag langte um den Türpfosten herum und zog drinnen am Hauptschalter. Die Bilder verliefen, als hätte man aus einem ungeheuren Glasbecken mit zappelnden Fischen das Wasser abgelassen.

Langsam wandten sich die drei Frauen um und betrachteten Montag mit unverhohlener Mißbilligung, ja Feindseligkeit.

»Wann, glaubt ihr, bricht der Krieg aus?« fragte er. »Warum sind eure Männer heute nicht da?«

»Ach, die kommen und gehen, kommen und gehen«, erklärte Frau Phelps. »Bald da, bald dort. Peter ist gestern einberufen worden. Wird nächste Woche wieder zurück sein, versichert das Oberkommando. Blitzkrieg. Achtundvierzig Stunden, hieß es, und jeder ist wieder zu Hause. Das Oberkommando muß es ja wissen. Blitzkrieg. Peter ist gestern einberufen worden, und es hieß, er werde in einer Woche wieder hier sein. Blitz...«

Die drei Frauen verrieten Unruhe und schauten mißmutig nach den leeren Wänden.

»Ich mache mir keine Sorgen deswegen«, setzte Frau Phelps hinzu. »Das überlaß ich dem guten, braven Pitt. Ich mach mir keine Sorgen, ich nicht.«

»Ja«, meinte Millie, »überlassen wir die Sorgen dem guten, braven Pitt.«

»Es ist immer jemand anders, der fällt, heißt es, nie der eigene Mann.«

»Hab ich auch schon gehört. Ich habe noch nie jemand gekannt, der im Krieg umgekommen wäre. Solche, die sich aus dem Fenster gestürzt haben, ja, wie Glorias Mann letzte Woche, aber im Krieg gefallen? Nein.«

»Nicht im Krieg«, bestätigte Frau Phelps. »Jedenfalls haben Pitt und ich immer gesagt, nur keine Tränen, nichts dergleichen. Wir sind beide zum dritten Mal verheiratet und führen unser eigenes Leben. Wir wollen beide unser eigenes Leben führen, haben wir immer gesagt. Wenn ich falle, hat er noch gesagt, darfst du mir nicht nachweinen, verheirate dich anderweitig und denk nicht mehr an mich.«

»Da fällt mir eben ein«, sagte Mildred, »habt ihr gestern abend die Fünfminutenliebesgeschichte an der Wand gesehen? Die handelte doch von einer Frau, die –«

Montag sagte nichts, er stand nur da und besah sich die Gesichter der Frauen, wie er einst in einer fremden Kirche, die er als Kind betreten hatte, die Gesichter der Heiligen besichtigt hatte. Die Gesichter jener auf Hochglanz polierten Figuren bedeuteten ihm nichts, obwohl er mit ihnen sprach und sich lange in der Kirche aufhielt, im Bestreben, sich in den betreffenden Glauben hineinzuversetzen und genug von dem dortigen Weihrauch und Staub in sich aufzunehmen, um eine Rührung zu verspüren und sich aus den bunten Gestalten mit den Porzellanaugen und den rubinroten Lippen etwas machen zu können.

Aber sie gaben nichts her, es war ein Gang durch einen fremdländischen Basar, in welchem sein Geld nichts galt; er hatte kein Gefühl aufbringen können, selbst als er das Holz und den Gips und den Lehm betastete. So war es auch jetzt, in seinem eigenen Wohnzimmer, wo diese Frauen sich unter seinem Blick auf den Stühlen wanden, Zigaretten anzündeten, Rauch ausstießen, an ihrem Haar rückten und sich die knallroten Fingernägel besahen, als hätte sein Blick sie auflodern lassen. Bei der Stille, die herrschte, kam ein gehetzter Ausdruck in ihre Mienen. Sie reckten die Hälse, als sie Montag den letzten Bissen verschlucken hörten. Sie horchten auf seinen schwergehenden Atem. Die drei leeren Wände waren jetzt wie die bleiche Stirn eines schlafenden Ungetüms, leer von Träumen. Montag hatte das Gefühl, wenn man die drei stumpfen Stirnen berührte, würde man einen feinen salzigen Schweiß an den Fingerspitzen spüren. Den Schweiß, der sich bei der gespannten Stille angesammelt hatte und bei dem unhörbaren Beben um die Frauen herum, die vor Ungeduld schier zersprangen.

Montag brach das Schweigen.

»Reden wir miteinander.«

Die Frauen fuhren auf und machten große Augen.

»Wie geht es Ihren Kindern, Frau Phelps?« fragte er.

»Sie wissen ganz genau, daß ich keine habe! Das wäre ja noch schöner«, versetzte sie ärgerlich, ohne sich ganz klar zu sein, warum sie sich über diesen Menschen ärgerte.

»Ich bin nicht gegen das Kinderkriegen«, wandte Frau Bowles ein. »Habe zwei zur Welt gebracht. Kaiserschnitt. All die Qualen wegen eines Kindes, das hat natürlich keinen Zweck. Aber der Mensch muß sich fortpflanzen, sonst würde er doch aussterben, nicht? Und dann sehen einem die Kinder manchmal ähnlich, und das ist nett. Mit zweimal Kaiserschnitt hab ich's geschafft, jawohl. Mein Arzt behauptete zwar, es sei nicht nötig, bei meinen Hüften, aber ich bestand darauf.«

»Kaiserschnitt hin oder her«, sagte Frau Phelps, »Kinderkriegen richtet einen zugrunde, Sie sind nicht recht bei Trost.«

»An neun von zehn Tagen bring ich die Kinder in der Schule unter. Die drei Tage im Monat, die sie zu Hause sind, lassen sich ertragen. Es geht ganz gut; man befördert sie ins Fernsehzimmer und knipst an. Es ist wie mit der Wäsche, man stopft sie in die Maschine und knallt den Deckel zu.« Frau Bowles kicherte. »Natürlich haben sie nicht viel für mich übrig, und ich erwidere ihre Gefühle herzlich!«

Die Frauen lachten aus vollem Halse.

Mildred gewahrte, daß Montag noch immer unter der Tür stand, klatschte in die Hände und rief: »Wir wollen von Politik reden, Guy zuliebe.«

»Mir auch recht«, meinte Frau Bowles. »Bei der letzten Wahl war ich stimmen wie jedermann, und zwar für Präsident Noble. Ich finde, er ist einer der hübschesten Präsidenten, die wir je hatten.«

»Wenn man an den Mann denkt, der gegen ihn aufgestellt wurde!«

»Der war nicht viel, wie? Eher klein und unansehnlich, und besonders gut rasiert war er auch nicht, und dann seine Frisur!«

»Unerfindlich, wie ein solcher Wicht überhaupt aufgestellt werden konnte. Der konnte doch gegen einen großgewachsenen Mann gar nicht aufkommen. Außerdem sprach er undeutlich. Ich habe nicht die Hälfte von dem gehört, was er sagte, und was ich hörte, war unverständliches Zeug!«

»Dick war er auch und tat rein gar nichts, um vorteilhafter zu erscheinen. Kein Wunder, daß Winston Noble haushoch siegte. Schon die Namen trugen dazu bei. Man brauchte nur Winston Noble gegen Hubert Hoag zu halten, und man konnte sich das Ergebnis ungefähr ausrechnen.«

»Himmelkreuzdonnerwetter!« rief Montag. »Was wißt ihr von Hoag und Noble!«

»Nun, sie waren doch hier auf der Wand, es ist noch kein halbes Jahr her. Der eine pulte sich immer in der Nase, es machte mich ganz wild.«

»Sagen Sie selbst, Herr Montag«, meinte Frau Phelps, »sollen wir einem solchen Menschen unsere Stimme geben?«

Mildred war die Freundlichkeit selber. »Geh hübsch brav von der Türe weg, Guy, und mach uns nicht nervös.«

Aber Montag war schon weg und im Nu wieder da, mit einem Buch in der Hand.

»Guy!«

»Wenn schon, wenn schon; jetzt hat's gebumst!«

»Was haben Sie denn da, ist das nicht ein Buch? Ich dachte, die Berufsausbildung erfolge heute ausschließlich durch Lehrfilm.« Frau Phelps klappte mit den Lidern.

»Bilden Sie sich theoretisch weiter aus?«

»Theoretisch, hat sich was«, höhnte Montag. »Es sind Gedichte.«

»Montag«, kam es ganz leise.

»Lassen Sie mich aus!« Montag war wie von einem dröhnenden Wirbel erfaßt.

»Montag, halten Sie ein, Sie werden doch nicht...«

»Haben Sie gehört, haben Sie diese Unmenschen gehört, wie sie über Unmenschen sprechen, wie sie drauflos kohlen über andere Leute, über ihre eigenen Kinder, über sich selber, und wie sie über ihre Ehemänner sprechen und über den Krieg, verflucht nochmal, ich stehe hier und kann's nicht fassen!«

»Von Krieg habe ich dann überhaupt kein Wort gesagt, möchte ich betonen«, warf Frau Phelps ein.

»Was Gedichte anbetrifft, die sind mir sowieso verhaßt«, erklärte Frau Bowles.

»Haben Sie je welche gehört?«

»Montag«, kratzte ihn Fabers Stimme weiter an. »Sie werden alles verderben, Sie Narr!«

Die drei Frauen waren aufgesprungen.

»Setzen Sie sich hin!« Sie saßen.

»Ich geh nach Hause«, wimmerte Frau Bowles.

»Montag, Montag, um Gottes willen, was haben Sie vor?« flehte Faber.

»Warum lesen Sie uns nicht einfach eines der Gedichte aus Ihrem Büchlein vor«, nickte Frau Phelps. »Das wäre sicher sehr interessant.«

»Es gehört sich nicht«, jammerte Frau Bowles, »es ist verboten!«

»Schau dir Herrn Montag an, er brennt darauf, ich seh es ihm an. Wenn wir hübsch zuhören, ist Herr Montag zufrieden, und dann dürfen wir vielleicht zu etwas anderem übergehen.« Sie warf einen Seitenblick auf die leeren Wände ringsum.

»Montag, machen Sie so weiter, und ich schalte ab, ich lasse Sie allein.« Das Insekt bohrte weiter an ihm herum.

»Was soll denn das, was wollen Sie eigentlich?«

»Den Weibern einen Schrecken einjagen, das will ich; ein Höllenschrecken soll ihnen in die Knochen fahren!«

Mildred sah in die leere Luft. »Sag mal, Guy, mit wem sprichst du eigentlich?«

Eine silberne Nadel stach ihm ins Ohr. »Montag, hören Sie her, es gibt nur einen Ausweg, geben Sie es als einen Jux aus, vertuschen Sie's, tun Sie, als seien Sie gar nicht erbost. Dann – gehen Sie zum Einäscherungsofen an der Wand und werfen Sie das Buch hinein!«

Mildred war dem bereits zuvorgekommen; mit stockender Stimme sagte sie: »Einmal im Jahr darf jeder Feuerwehrmann ein Buch nach Hause bringen, eines von ehedem, um den Angehörigen zu zeigen, wie dumm das alles war, wie nervös es einen macht, wie toll. Guy wollte uns heute abend damit überraschen, daß er uns ein Müsterchen vorliest, damit wir sehen, was für krauses Zeug das war, und uns nie mehr das Köpfchen zerbrechen über diesen Mumpitz, hab ich nicht recht, Liebling?«

Er zerdrückte das Buch fast in der Hand.

»Sagen Sie ja.«

Seine Lippen folgten denen Fabers.

»Ja.«

Lachend riß ihm Mildred das Buch aus der Hand. »Hier! Lies das da. Nein, wart mal. Hier ist doch das komische Gedicht, das du heute vorgelesen hast, zum Piepen! Meine Lieben, ihr werdet kein Wort davon verstehen. Es geht so – pam, pabam, pabam. Los, Guy, diese Seite da.«

Er betrachtete die aufgeschlagene Seite.

Im Ohr das Flügelschlagen einer Fliege. »Lies.«

»Wie heißt der Titel, Liebling?«

«*Doverstrand.*« Seine Lippen waren wie tot.

»Also, lies vor, hübsch deutlich und langsam.«

Im Zimmer herrschte eine Gluthitze, ihm war bald schwül, bald kühl; sie saßen mitten in einer Wüste auf drei Stühlen, und er stand schwankend da und wartete, bis Frau Phelps fertig war mit dem Zurechtzupfen ihres Kleidersaums und Frau Bowles mit dem Befingern ihrer Haartracht. Dann begann er zu lesen, mit einer leisen und holperigen Stimme, die von Zeile zu Zeile fester wurde, und seine Stimme tönte über die Wüste hin, in die grelle Helligkeit hinein und um die drei Frauen herum, die da in der glühenden Einöde saßen.

»Des Glaubens Meer
Umschloß einmal, als noch die Fluten schwollen,
Der Erde Ufer wie ein lichter Gürtel.
Doch heute hör
Ich nur sein melancholisch fernes Grollen,
Das bang verhält
Des Nachtwinds Hauch; nackt liegt und leer
Das Steingeröll am Rand der Welt.«

Die Stühle ächzten unter den drei Frauen.

Montag las das Gedicht zu Ende:

»Ah, Liebste, laß uns treu
Einander sein! Hat doch in dieser Welt, die nun
Gleich einem Traumland vor uns scheint zu ruhn,
So mannigfaltig schön, so neu,
In Wahrheit weder Lust noch Liebe Halt

Noch Licht, noch Frieden oder Schirm vor Arg und Wehn,
Und wir hier wie auf dunklem Felde stehn,
Wo nächtens wirres Kampfgetöse schallt
Und sinnlos Streitmacht gegen Streitmacht prallt.«

Frau Phelps weinte vor sich hin.

Die andern mitten in der Einöde sahen zu, wie ihr Weinen lauter wurde und ihr Gesicht aus der Form geriet. Sie saßen da, ohne sie anzurühren, befremdet von dieser Schaustellung, diesem fassungslosen Schluchzen. Montag selber war betroffen und innerlich aufgewühlt.

»Sch, sch!« beschwichtigte Mildred. »Jetzt geht's wieder, Klara, nicht wahr, Klara, gehab dich doch nicht so! Klara, was fehlt dir denn?«

»Ich – ich«, schluchzte Frau Phelps, »weiß nicht, weiß nicht, ich weiß wirklich nicht, oh, oh...«

Frau Bowles erhob sich und funkelte Montag an. »Sehen Sie! Ich hab's ja gewußt, ich wollte nur die Probe aufs Exempel machen. Ich wußte, daß es so kommen würde. Gedichte und Tränen, hab ich schon immer gesagt, Gedichte und Selbstmord und Weinkrämpfe und Elend, Gedichte und Krankheit; alles nur Gefühlsduselei. Jetzt sehen wir es bestätigt. Sie sind ein Ekel, Herr Montag, Sie sind ein Ekel!«

Faber sagte: »Jetzt...«

Wie von selber kehrte sich Montag ab und ging zum Einwurf an der Wand und ließ das Buch hineinfallen in die wartenden Flammen.

»Sinnlose Worte, sinnlose Worte, sinnlose quälende Worte«, schalt Frau Bowles. »Warum brauchen die Menschen einander zu quälen? Als ob es nicht genug Quälerei gäbe auf der Welt, muß man den Leuten noch mit dergleichen zusetzen?«

»Klara, bitte, bitte«, sagte Mildred und zog sie am Arm. »Komm, wir wollen wieder lachen, du darfst jetzt die ›Familie‹ anstellen. Mach schon, wir freuen uns darauf. Hör bitte auf zu weinen, jetzt machen wir wieder Betrieb.«

»Nein«, erklärte Frau Bowles. »Ich trabe hübsch fein nach Hause. Wenn ihr mich und meine ›Familie‹ besuchen wollt, gut und schön, aber in dieses Tollhaus setze ich meiner Lebtag keinen Fuß mehr!«

»Gehen Sie nur.« Montag ließ seinen Blick auf ihr ruhen.

»Gehen Sie nach Hause und denken Sie an Ihren ersten Mann, der sich scheiden ließ, und an Ihren zweiten Mann, der mit einem Rennwagen verunglückte, und an Ihren dritten Mann, der vielleicht schon im Kugelregen steht, gehen Sie nach Hause und denken Sie an das Dutzend Abtreibungen, die Sie gehabt haben, gehen Sie und denken Sie daran, und auch an Ihren verdammten Kaiserschnitt und an Ihre Kinder, denen Sie verhaßt sind wie Gift und Galgenholz. Gehen Sie nach Hause und denken Sie daran, wie alles gekommen ist, und was haben Sie getan, es zu verhindern? Gehen Sie! Gehen Sie!« schrie er. »Bevor ich mich an Ihnen vergreife und Sie mit einem Tritt an die Luft setze!«

Türen knallten zu, und das Haus war leer. Montag stand allein im Winterwetter, in den vier Wänden wie Schneematsch.

Im Badezimmer lief Wasser. Er hörte, wie Mildred sich die Schlaftabletten in die hohle Hand schüttelte.

»Narr, Montag, Narr, Narr, o Gott, Sie einfältiger Narr...«

»Still!« Er zog die grüne Kapsel aus dem Ohr und stopfte sie in die Tasche.

Sie summte leise weiter. »... Narr ... Narr...«

Er stöberte im Haus herum und fand die Bücher, die Mildred hinter dem Kühlschrank aufgestapelt hatte. Einige fehlten, und er wußte, daß sie angefangen hatte, den Sprengstoff in ihrem Haus langsam aber sicher zu beseitigen, Stück für Stück, aber er zürnte ihr nicht mehr, er war nur noch abgemattet und von sich selber befremdet. Schweigend trug er die Bücher hinters Haus und versteckte sie im Gebüsch, nahe am Gartenzaun. Nur für heute nacht, dachte er, falls ihr einfallen sollte, noch mehr davon einzuäschern.

Dann kam er zurück und ging durchs Haus. »Mildred?« rief er unter der Tür des verdunkelten Schlafzimmers. Alles blieb still.

Draußen, als er über den Rasen ging, zum Dienst, bemühte er sich, nicht zu sehen, wie dunkel und verlassen Clarisse McClellans Haus war.

Unterwegs war er so allein mit der furchtbaren Dummheit, zu der er sich hatte hinreißen lassen, daß er der merkwürdigen Wärme und Güte bedurfte, die von einer vertrauten, sanften Stimme in der Nacht ausging. Ihm war, nach den paar Stunden, als kenne er Faber schon ein Leben lang. Er erkannte jetzt, daß er zweierlei war, daß er vor allem Montag war, der nichts wußte, nicht einmal, daß er selber ein Narr war, nur eine dunkle Ahnung davon hatte. Und er erkannte, daß er auch der alte Mann war, der unablässig zu ihm sprach, während der Zug vom einen Ende der nächtlichen Stadt zum andern gesaugt wurde, in einer unaufhaltsamen, widerlich japsenden Fortbewegung. Er wußte, die kommenden Tage hindurch und während der Nächte, da der Mond nicht schien, und während der Nächte, da ein sehr heller Mond auf die Erde herabschien, würde der Alte immer weiter reden und reden, Tropfen um Tropfen, Korn um Korn, Flocke um Flocke. Und schließlich, dessen versicherte ihn der Alte, würde er innerlich überfließen, und dann war er nicht mehr Montag, dann war er Montag und Faber vereint, Feuer und Wasser, und zu guter Letzt, nachdem alles gärend durcheinandergekommen und in der Stille verarbeitet worden war, dann gab es weder Feuer noch Wasser, dann war es Wein. Aus zwei getrennten und entgegengesetzten Dingen ein drittes. Und eines Tages würde er den Narren, den er hinter sich gelassen, als solchen erkennen. Schon jetzt ahnte er, daß er den langen Weg angetreten hatte, daß er im Begriff war, sich von dem, was er bisher gewesen, zu lösen und zu entfernen.

Es war wohltuend, dem Käfergesumse, dem schläfrigen Mückensirren und hauchfeinen Raunen des Alten zuzuhören, der ihn zuerst ausschalt und dann tröstete, als er spät nachts aus dem dampfenden Schacht unter der Erde an die Welt der Feuerwache auftauchte.

»Mitleid, Montag, Mitleid. Nörgeln Sie nicht an den andern herum, es ist noch nicht lange her, daß Sie selber zu ihnen gehört haben. Alle sind überzeugt, daß es ewig so weitergehen wird. Aber es wird nicht ewig so weitergehen. Niemand bedenkt, daß dies nur ein einziger großer glühender Meteor ist, dessen Feuerschein sich im Weltraum hübsch ausnimmt, der aber eines Tages unweigerlich aufprallen muß. Die meisten sehen nur den hübschen Feuerschein, wie Sie früher auch.

Montag, alte Leute, die hinter dem Ofen ängstlich ihre brüchigen Knochen schonen, haben kein Recht, andere zu bemängeln. Aber Sie waren nahe daran, die Sache von vornherein zu verpfuschen. Vorsicht! Vergessen Sie nicht, daß ich bei Ihnen bin. Ich begreife ja, wie es dazu kommen konnte, und ich muß sagen, Ihr Wutausbruch hat mich geradezu verjüngt. Doch jetzt möchte ich, daß Sie sich alt vorkommen, ich möchte, daß Sie sich etwas von meiner Zaghaftigkeit aneignen. Wahren Sie Abstand, die nächsten paar Stunden, wenn Sie mit Beatty zusammen sind. Lassen Sie *mich* hören, was er zu sagen hat, lassen Sie *mich* die Lage erkunden. Am Leben bleiben ist jetzt alles. Vergessen Sie die dummen Frauen, die armen...«

»Ich habe sie so elend gemacht, wie sie wohl schon lange nicht mehr waren«, sagte Montag. »Es gab mir einen Stich, als Frau Phelps zu weinen begann. Vielleicht haben sie recht, vielleicht ist es am besten, man sieht den Tatsachen nicht ins Gesicht und macht den Spaß mit. Ich weiß nicht, ich habe ein schlechtes Gewissen –«

»Nein, das dürfen Sie nicht sagen! Wenn nicht Krieg wäre, wenn Frieden herrschte auf der Welt, dann würde ich sagen, schön, macht Betrieb! Sie dürfen nicht einfach wieder ein Feuerwehrmann sein, Montag. Es steht nicht zum besten mit der Welt.«

Montag trat der Schweiß auf die Stirn.

»Hören Sie zu, Montag?«

»Meine Füße«, stöhnte Montag, »sie lassen sich nicht mehr bewegen. Das ist doch zu blöd. Meine Füße wollen nicht mehr.«

»Sachte, sachte«, mahnte der Alte. »Hören Sie zu. Ich weiß, wie Ihnen zumute ist. Sie haben Angst, fehlzugehen. Nur keine Angst! Fehler sind dazu da, daß man Nutzen daraus zieht. Mensch, als ich noch jung war, habe ich meine Ahnungslosigkeit den Leuten förmlich um die Ohren geschlagen. Natürlich habe ich dafür Prügel bezogen. Und im Laufe der Zeit ist meine Waffe dabei immer schärfer geworden. Wenn man seine Unwissenheit sorgsam verbirgt, kriegt man keine Schläge und lernt nie zu. Los jetzt, auf die Beine, und ab mit Ihnen zur Feuerwache! Wir sind Zwillinge, wir sind nicht mehr jeder für sich, nicht mehr im Raum geschieden, ohne Fühlung zu haben. Wenn Sie Hilfe brauchen, während Beatty an Ihnen herumstochert, sitze ich hier daneben, in Ihrem Trommelfell, und mache mir Notizen.«

Unwillkürlich bewegte sich Montags rechter Fuß, dann sein linker.

»Faber«, sagte er, »bleiben Sie bei mir.«

Der Mechanische Hund war weg. Seine Hütte stand leer und im ganzen Gebäude herrschte Stille; der Feuersalamander schlief, die Flammenwerfer auf den Flanken verschränkt, den Bauch voll Kerosin. Montag schritt durch die Stille und berührte die Messingstange und glitt im Dunkeln hinauf, mit einem Blick zurück auf die verlassene Hütte, während sein Herz einen Schlag oder zwei aussetzte. Faber war vorläufig ein grauer Falter, der in seinem Ohr schlummerte.

Beatty stand an der Fallöffnung und wartete, kehrte ihm aber den Rücken zu, als warte er nicht.

»Kinder«, sagte er zu den Kartenklopfern, »hier kommt ein wunderlich Wesen, in allen Sprachen Narr geheißen.«

Er streckte die Hand zur Seite, wie um ein Almosen zu heischen. Montag tat das Buch hinein. Ohne auch nur nach dem Titel zu sehen, warf es Beatty in den Papierkorb und steckte sich eine Zigarette an. »›Wer halb gebildet, ist der schönste Narr.‹ Willkommen, Montag. Hoffentlich bleibst du bei uns, nachdem du jetzt ausgefiebert und die Krankheit überstanden hast. Wie wär's mit einer Partie Poker?«

Sie setzten sich hin und die Karten wurden ausgeteilt. In Beattys Gegenwart war sich Montag seiner Hände überdeutlich bewußt. Sie hatten sich schuldig gemacht und fanden nun keine Ruhe, mußten immer etwas zu tun haben oder versteckten sich in den Taschen, um sich Beattys Blick zu entziehen, der wie eine Stichflamme brannte. Ihm war, Beatty brauche sie nur anzuhauchen, und sie würden verdorren, absterben; für den Rest seines Lebens wären sie dann in den Rockärmeln vergraben und vergessen. Denn diese Hände hatten sich selbständig gemacht, gehörten nicht mehr zu ihm, in ihnen hatte sich sein Gewissen zum erstenmal geregt, um Bücher beiseite zu schaffen, mit Hiob und Ruth und Willie Shakespeare das weite zu suchen, und nun, auf der Feuerwache, kam es ihm vor, diese Hände seien in Blut getaucht.

Zum zweitenmal im Laufe einer halben Stunde mußte Montag vom Spiel aufstehen, um draußen die Hände zu waschen. Als er wieder hereinkam, barg er sie unter dem Tisch.

Beatty lachte. »Halt deine Hände, wo wir sie sehen können, Montag. Nicht daß wir dir mißtrauten, verstehst du, aber –«

Allgemeine Heiterkeit.

»Nun«, meinte Beatty, »die Krise ist überwunden und alles wieder in bester Ordnung; das verlorene Schaf kehrt in den Pferch zurück. Wir sind alle mal auf Abwege geraten. Die Wahrheit bleibt die Wahrheit, bis ans Ende der Welt, haben wir behauptet. Nie ist allein, wer mit erhabenen Gedanken umgeht, haben wir uns eingeredet. ›O süße Speise, Erkenntnis, süß verkündet‹, wie Sir Philipp Sidney sagte. Doch anderseits: ›Wie Laub sind Wörter; wo's besonders dicht, Es meist an Früchten oder Sinn gebricht.‹ Alexander Pope. Was hältst du von diesem Spruch?«

»Ich weiß nicht.«

»Vorsicht«, raunte Faber, aus einer andern Welt heraus, weit weg.

»Oder von diesem: ›Ein bißchen Bildung rächt sich manchmal schnell. Trink lieber gar nicht vom kastalischen Quell; Er steigt zu Kopf dir, nippst du bloß daran, Und nüchtern wird, wer was vertragen kann.‹ Pope. Aus demselben Essay. Zu welchen von beiden gehörst du wohl?«

Montag biß sich auf die Lipoen.

»Ich will es dir sagen«, erklärte Beatty, wobei er lächelnd auf seine Karten sah. »Es hat dir eine Zeitlang den Sinn umnebelt. Lies ein paar Zeilen, und schon wirfst du dich in den Abgrund. Mit einem Schlag bist du bereit, die Welt in die Luft zu sprengen, Köpfe abzuhacken, Frauen und Kinder zu zertrampeln, die Obrigkeit zu stürzen. Ich weiß Bescheid, ich habe das auch durchgemacht.«

»Mir fehlt nichts«, beteuerte Montag unsicher.

»Dann brauchst du auch keinen roten Kopf zu kriegen. Ich will ja nicht sticheln, sicher nicht. Übrigens, Montag, ich hatte da vor einer Stunde einen Traum. Ich hatte mich hingelegt, und in diesem Traum kam es zwischen uns zu einer erregten Auseinandersetzung über die Bücher. Wutentbrannt hast du mir alle möglichen Zitate an den Kopf geworfen, während ich dir gelassen Red und Antwort stand. *Macht,* sagte ich. Und du, mit einem Wort Dr. Johnsons: ›Wissen ist der Gewalt mehr als gewachsen.‹ Worauf ich entgegnete: ›Dr. Johnson hat aber auch gesagt: Wer eine Gewißheit um einer Ungewißheit willen im Stich läßt, handelt nicht klug.‹ Bleib bei der Feuerwehr, Montag. Alles andere ist trostlose Anarchie.«

»Hör nicht auf ihn«, raunte Faber. »Er will Verwirrung stiften. Du wirst ihm nicht beikommen. Paß auf!«

Beatty schmunzelte. »Und du hast gesagt: ›Die Wahrheit kommt stets an den Tag, Mord läßt sich auf die Dauer nicht verhehlen‹, worauf ich gutgelaunt zurückgab, ›Ach Gott, er spricht nur von seinem Pferd!‹ und ›Der Teufel kann sich auf die Heilige Schrift berufen.‹ Und du hast mich angeschrien: ›Ein schmucker Pfingstochs wird heut mehr geachtet, Als wer im schäbigen Rock nach Wahrheit trachtet.‹ Ich gab dir zu bedenken: ›Wahrheit verliert an Würde, verficht man sie zu laut.‹ Aber du hast gerufen: ›Leichname bluten angesichts des Mörders!‹ Ich klopfte dir begütigend auf die Hand, mit den Worten: ›Wie, find ich deine Billigung nicht?‹ Und du schriest: ›Wissen ist Macht!‹ und ›Ein Zwerg auf eines Riesen Schultern sieht weiter noch als dieser!‹ Und ich faßte meine Einstellung mit olympischer Gelassenheit zusammen, indem ich Valéry zitierte: ›Ein Gleichnis für einen Beweis zu halten, einen Schwall von Worten für eine Quelle von Grundwahrheiten und sich selber für einen Ausbund an Weisheit, diese Torheit ist uns angeboren.‹«

Montag fühlte, wie sich ihm alles im Kopf drehte, als hätte er schwere Schläge hinnehmen müssen. Am liebsten hätte er aufgeschrieen: »Nein, sei still, du bringst alles durcheinander, hör auf!« Beatty griff mit anmutiger Gebärde nach seinem Handgelenk.

»Mensch, was für ein Puls! Ich habe dich richtig in die Sätze gebracht, nicht, Montag? Dein Puls mutet ja an wie Sturmgeläute. Soll ich weiterreden? Deine schreckensbleiche Miene ist köstlich. Ich spreche noch mancherlei Sprachen. Sehr beredt, dein stummes Spiel, Willie!«

»Montag, halten Sie an sich!« Der Falter streifte sein Ohr. »Er wühlt nur Schlamm auf!«

»Ach, dir wurde wohl angst und bang, weil ich, o Schrecken, grade die Bücher, an die du dich klammerst, herangezogen habe, um dich in jeder Hinsicht zu widerlegen. Wie treulos Bücher doch sein können! Du glaubst, an ihnen einen Rückhalt zu haben, und sie halten es mit dem Gegner. Andere können sich ihrer auch bedienen, und dann stehst du da, mitten im unwegsamen Gelände, in einem Dickicht von Wörtern aller Art. Und ganz am Schluß des Traumes kam ich mit dem Salamander und sagte, ›haben wir denselben Weg?‹ und du bist eingestiegen, und wir fuhren in wohltuendem Schweigen zur Feuerwache zurück, ganz klein und friedlich geworden.« Beatty ließ Montags Handgelenk los, ließ die Hand schlaff auf den Tisch fallen. »Ende gut, alles gut.«

Schweigen. Montag saß da wie aus weißem Stein gehauen. Der Widerhall des letzten Hammerschlags auf den Schädel verlor sich allmählich in das Dunkel hinein, wo Faber darauf wartete, bis alles wieder still war, und dann sachte begann: »Gut, er hat gesagt, was er zu sagen hatte. Sie müssen es verarbeiten. Ich werde auch sagen, was ich zu sagen habe, in den nächsten paar Stunden. Und Sie werden es verarbeiten und beides miteinander vergleichen und dann Ihren Entscheid treffen, in welche Richtung Sie sich schlagen wollen. Es soll aber Ihr Entscheid sein, nicht der meine, und nicht derjenige des Hauptmanns. Bedenken Sie indessen, daß der Hauptmann zu den gefährlichsten Feinden der Wahrheit und Freiheit gehört, zu der dichtgedrängt stillstehenden Herde der Mehrheit. O Gott, die furchtbare Gewaltherrschaft der Mehrheit. Jeder hat seine Harfe zu schlagen, und an Ihnen ist es jetzt, zu entscheiden, mit welchem Ohr Sie zuhören wollen.«

Montag machte schon den Mund auf, um Faber Antwort zu geben, ein Versehen, das ihm nur erspart blieb, weil die Alarmglocke anschlug. Die Stimme aus dem Lautsprecher an der Decke ertönte, und das Klappern des Fernschreibers setzte ein, der die Adresse hintippte. Hauptmann Beatty, die Pokerkarten in der Hand, begab sich mit übertriebener Gemessenheit hinüber und riß die Adresse heraus, als die Meldung fertig war. Er warf einen flüchtigen Blick darauf und schob sie in die Tasche, dann kehrte er an den Tisch zurück und setzte sich hin. Die andern schauten ihn gespannt an.

»Es hat genau vierzig Sekunden Zeit, während ich euch noch rasch alles Geld abnehme«, erklärte Beatty vergnügt.

Montag legte die Karten hin.

»Müde, Montag? Ziehst du dich aus dem Spiel zurück?«

»Ja.«

»Nun, eigentlich können wir das Spiel ebenso gut später beenden. Legt einfach die Karten verkehrt hin und macht euch bereit.« Und Beatty erhob sich wieder. »Montag, du siehst nicht gut aus. Es wäre mir unlieb, wenn du nochmals Fieber bekämst...«

»Es wird schon gehen.«

»Klar, sehr gut sogar. Dies ist ein Sonderfall. Los, ans Werk!«

Sie sprangen ins Leere und klammerten sich an die Messingstange, als wäre sie das letzte, was aus einer unter ihnen hinweggehenden Flutwelle aufragte, und dann beförderte die Stange sie zu ihrer Bestürzung ins Dunkel hinunter, in das Fauchen und Räuspern des Drachens hinein, der mit Getöse zum Leben erwachte.

»Holla!«

Mit Sirenengeheul donnerten sie um eine Kurve, daß die Gummireifen kreischten und das Kerosin im glitzernden Messingtank sich verschob wie der Mageninhalt eines Riesen. Montag wurde beinah vom Wagen geschleudert, während ihm der Wind in den Zähnen pfiff und das Haar zurücksträhnte. Und dabei mußte er die ganze Zeit an die Frauen denken, die gedankenlosen Frauen in seinem Wohnzimmer, die nur noch leere Hülsen waren, jede Innerlichkeit von einem Neonwind verblasen. Und jemand war so dumm gewesen, ihnen aus einem Buch vorzulesen. Das hieß, eine Feuersbrunst mit Wasserpistolen bekämpfen, ein Vorgehen ohne Sinn und Verstand. Eine Wut löste die andere ab, ein Ärger verdrängte den andern. Wann würde er endlich dem innern Aufruhr entrinnen und zur Ruhe kommen, zu einer großen innern Ruhe?

»Wir fahren!«

Montag schaute auf. Beatty saß entgegen seiner Gewohnheit am Steuer und schleuderte den Salamander in die Kurven hinein, auf hohem Fahrersitz vornübergebeugt, während der schwere schwarze Mantel nach hinten flatterte, so daß Beatty wie eine große Fledermaus wirkte, die da über dem Ganzen thronte.

»Wir fahren, um der Welt den Seelenfrieden zu erhalten, Montag!«

Beattys rotes Gesicht funkelte im Dunkel, und er lächelte ingrimmig.

»Da wären wir!«

Dröhnend kam der Salamander zum Stehen, und die Männer sprangen schlitternd und schwerfällig herab. Montag stand da, den Blick der wunden Augen auf die schimmernde Haltestange geheftet, an die er sich immer noch klammerte.

Ich bringe es nicht über mich, dachte er. Wie kann ich das jetzt noch tun, wie kann ich weiterhin Dinge verbrennen? In dieses Haus kann ich nicht hinein.

Beatty, mit dem Geruch des Windes um sich, durch den er gerast, stand an seiner Seite. »Geht's, Montag?«

In ihren plumpen Stiefeln liefen die andern wie Klumpfüße lautlos dahin und dorthin.

Schließlich sah Montag auf und wandte sich um. Beatty beobachtete seine Miene.

»Stimmt etwas nicht, Montag?«

»Ja«, sagte Montag gedehnt, »wir halten ja vor *meinem* Haus.«

III

Die Waberlohe

Die ganze Straße entlang gingen Lichter an und Haustüren auf; es stand eine Volksbelustigung bevor. Montag und Beatty starrten, der eine mit Genugtuung, der andere ungläubig, auf das Haus vor ihnen, wo gleich die Artisten auftreten würden, die mit Fackeln jonglierten und Feuer fraßen.

»Jetzt hast du's«, sagte Beatty. »Freund Montag wollte zur Sonne emporfliegen, und nun, wo er sich die Schwingen versengt hat, wundert er sich. Habe ich dich nicht deutlich genug gewarnt, als ich dir den Spürhund vors Haus schickte?«

Montag verzog keine Miene; steinern wandte er den Kopf nach dem dunkeln Nachbarhaus mit den leuchtenden Blumenbeeten ringsum.

Beatty schnaubte. »Ach nein! Du bist doch nicht etwa dieser kleinen Trine mit ihren Sprüchen aufgesessen? Blumen, Schmetterlinge, Herbstlaub, Sonnenuntergang, ach herrje! Haben wir alles in der Kartei verzettelt. Aha, das war scheint's ein Volltreffer. Sieh sich einer diese Duldermiene an. Ein paar Grashalme und die Mondsichel. So ein Kitsch. Was hat es ihr je genützt?«

Montag saß auf der kalten Stoßstange des Drachens und bewegte den Kopf einen Fingerbreit nach links, einen Fingerbreit nach rechts, nach links, rechts, links, rechts, links...

»Sie hielt die Augen offen. Getan hat sie niemandem etwas. Sie ließ die Leute in Frieden.«

»In Frieden, hat sich was. An dir hat sie doch rumgeknabbert, nicht? Ein scheinheiliger Tugendbold war sie, von denen, die nichts können als andern ein schlechtes Gewissen beibringen. Verdammt nochmal, wie die Mitternachtssonne gehen sie auf, um einem noch im Bett den Schweiß hervorzutreiben.«

Die Haustür ging auf; Mildred kam die Stufen heruntergelaufen, einen Koffer krampfhaft in der Hand, während ein Taxi herangeflitzt kam.

»Mildred!«

Knickebeinig lief sie an ihm vorüber, das Gesicht mit Puder bestäubt, der Mund verblichen, ohne aufgelegtes Lippenrot.

»Mildred, du hast doch nicht etwa Anzeige erstattet?«

Sie schob den Koffer in das wartende Taxi und stieg ein, wobei sie ständig vor sich hinbrabbelte. »Die arme Familie, die arme Familie, ach alles ist im Eimer, alles, alles im Eimer...«

Beatty packte Montag an der Schulter, während das Taxi davonschoß und dann auf hundert Kilometer ging und weg war.

Ein Klirren war zu hören, als bräche ein Traum aus Glas, Kristall und Spiegel auseinander. Montag schwankte wie von einem unbegreiflichen Sturmwind herumgeworfen und sah Stoneman und Black mit dem Beil Scheiben einschlagen, um für Zugluft zu sorgen.

Das Flattern eines Totenkopffalters gegen ein kaltes schwarzes Gitter. »Montag, hier spricht Faber. Hören Sie mich? Was geht denn vor?«

»Es geht *mir* an den Kragen«, erwiderte Montag.

»Was für eine unangenehme Überraschung«, höhnte Beatty. »Jedermann heutzutage weiß doch, jeder ist fest überzeugt, daß es nie *ihm* an den Kragen geht. Andere kommen um, *er* kommt davon. Es gibt keine Folgen und keine Verantwortung. Nur daß es sie eben doch gibt. Aber sprechen wir lieber nicht davon, wie? Wenn einen die Folgen ereilen, ist es ohnehin zu spät, nicht, Montag?«

»Montag, können Sie weg, fliehen?« fragte Faber.

Montag tat ein paar Schritte, ohne den Boden unter den Füßen zu spüren. Nicht weit von ihm weg knipste Beatty sein Feuerzeug an, und das gelbe Flämmchen zog ihn in seinen Bann.

»Was ist es eigentlich, das uns am Feuer bezaubert? Ganz gleich, wie alt wir sind, was ist daran so Anziehendes?« Beatty pustete die Flamme aus und zündete sie wieder an. »Es ist die ewige Bewegung, das *perpetuum mobile,* das der Mensch erfinden wollte, ohne daß es ihm je gelungen wäre. Wenn man es gewähren ließe, würde es unser Leben lang brennen. Was ist das

Feuer? Ein Rätsel. Wissenschaftler erzählen uns einen Schnick-schnack von Reibung und Molekülen, aber im Grunde wissen sie es auch nicht. Seine Schönheit besteht wohl darin, daß es Folgen und Verantwortung verzehrt. Wird uns ein Fall zu beschwerlich, in den Ofen damit. Du beispielsweise, Montag, machst mir Beschwer. Das Feuer wird mir die Last von den Schultern nehmen, sauber, rasch, sicher; nichts Verwesliches bleibt übrig. Antibiotisch, ästhetisch, praktisch.«

Montag trat jetzt in dieses sonderbare Haus hinein, sonderbar geworden um die nächtliche Stunde durch das leise Stimmenge-wirr der Nachbarn, die herumliegenden Glasscherben und durch die Bücher am Boden, die mit abgerissenen Deckeln wie Schwa-nenfedern da lagen, diese unwahrscheinlichen Bücher, die so abgeschmackt aussahen und nicht wert, daß man viel Aufhebens davon mache, nichts als Druckerschwärze und vergilbtes Papier und verkrümmte Rücken.

Mildred, selbstverständlich. Offenbar hatte sie ihn dabei beobachtet, wie er die Bücher im Garten versteckte und hatte sie wieder herbeigeholt. Mildred, Mildred.

»Ich will, daß du diese Arbeit ganz allein erledigst, Montag. Nicht mit Kerosin und einem Streichholz, sondern stückweise, mit dem Flammenwerfer. Jeder wische vor seiner eigenen Tür.«

»Montag, können Sie nicht fort?«

»Nein!« rief Montag verzweifelt. »Der Mechanische Hund! Wegen des Hundes!«

Faber hörte es, und Beatty, im Glauben, es gehe ihn an, hörte es auch. »Ja, der Hund ist irgendwo in der Nähe, mach also keine Dummheiten. Bereit?«

»Bereit.« Montag entsicherte den Flammenwerfer.

»Feuer!«

Ein großer Flammenschwall schoß heraus, brandete gegen die Bücher und schwemmte sie gegen die Wand. Montag trat ins Schlafzimmer, drückte zweimal ab, und das Doppelbett zischte in Flammen auf, mit mehr Hitze und Leidenschaft und Licht, als er ihm zugetraut hätte. Er verbrannte die Schlafzimmerwände und das Kosmetikkästchen, weil er alles verwandeln wollte, die Stühle, die Tische, und im Eßzimmer das Silberzeug und Plastikgeschirr, alles, was verriet, daß er hier in diesem Haus gelebt hatte mit einer fremden Frau, die morgen schon nicht mehr an ihn denken würde, die weggegangen war und ihn bereits vergessen hatte, mit der Funkmusik im Ohr, die auf sie eindrang, während sie durch die Stadt fuhr, allein. Und wie früher war es eine Wohltat, niederzubrennen, er war es selber, der mit der Flamme hinausschoß, packte, zerriß und vernichtete, den ganzen sinnlosen Fall beseitigte. Wenn es schon keine Lösung gab, nun, es gab jetzt auch keinen Fall mehr. Das Feuer war immer noch das beste.

»Die Bücher, Montag!«

Wie gebratene Vögel zuckten die Bücher umher, mit rot und gelb lodernden Schwingen.

Und dann gelangte er ins Wohnzimmer, wo die großen gedankenlosen Ungeheuer friedlich schlummerten. Jede der drei Wände erhielt eine Ladung, und das Vakuum verzischte. Die Leere gab ein noch leereres Pfeifen von sich, einen sinnlosen Aufschrei. Er suchte über die Leere nachzudenken, auf der das Nichts sich abgespielt hatte, vermochte es aber nicht. Er hielt nur den Atem an, damit nichts davon in seine Lungen gelange. Dann stellte er diese furchtbare Leere ab, wich zurück und schenkte dem ganzen Zimmer eine riesige gelbe Feuerblume. Überall zerriß der feuersichere Plastiküberzug, und das Haus begann flammend zu erbeben.

»Wenn du fertig bist«, sagte Beatty hinter ihm, »bist du verhaftet.«

Das Haus zerfiel zu glühenden Kohlen und schwarzer Asche. Es legte sich nieder in ein rötlich-graues Bett, und eine Rauchfahne wehte darüber, stieg empor und wogte am Himmel langsam hin und her. Es war halb vier in der Frühe. Die Menschenmenge verkrümelte sich in die Häuser; das Zirkuszelt war in verkohlte Überreste zusammengesunken, die Volksbelustigung war aus.

Montag stand da mit dem Flammenwerfer in schlaffen Händen, verschwitzt in den Achselhöhlen, rußverschmiert im Gesicht. Die andern Feuerwehrleute warteten hinter ihm, gerade noch angestrahlt von den schwelenden Trümmern.

Zweimal setzte Montag zum Sprechen an, bis er seine Gedanken schließlich zu sammeln vermochte.

»War es meine Frau, die Anzeige erstattete?«

Beatty nickte. »Aber ihre Freundinnen hatten schon vorher eine Meldung erstattet, die ich noch zurückstellte. So oder so, du warst geliefert. Es war höchst töricht, so unbekümmert Gedichte vorzulesen. Es verriet einen verdammten Dünkel. Gib einem Menschen ein paar Verszeilen, und er glaubt Herr über die ganze Schöpfung zu sein. Du glaubst, du kannst mit deinen Büchern Wunder wirken. Nun, die Welt kommt vortrefflich ohne sie aus. Sieh nur, wie weit du es damit gebracht hast. Bis an die Nase steckst du jetzt im Dreck. Wenn ich auch nur mit dem kleinen Finger darin rühre, gehst du unter.«

Reglos stand Montag da. Ein Erdbeben mit Brandausbruch hatte sein Haus verschlungen, und Mildred lag darunter, und sein ganzes Leben lag darunter, und er stand da und konnte sich nicht rühren. In seinem Innern splitterte und zitterte das Erdbeben noch nach, und seine Knie wankten unter der schweren Last von Müdigkeit und Ratlosigkeit und Ingrimm, so daß er Beattys Schläge hinnahm, ohne eine Hand zu heben.

»Montag, du Schwachkopf, du verdammter Trottel, warum hast du es eigentlich getan?«

Montag hörte es nicht, er war weit weg, er lief in Gedanken davon, war schon nicht mehr da, nur noch dieser tote, rußverschmierte Körper, der da vor einem andern Irrsinnigen hin und her schwankte.

»Montag, bringen Sie sich in Sicherheit!« mahnte Fabers Stimme.

Montag merkte auf.

Plötzlich versetzte ihm Beatty einen Schlag auf den Kopf, daß er zurücktaumelte. Die grüne Kapsel, in der Fabers Stimme wisperte, flog auf den Gehsteig. Beatty hob sie rasch auf, mit breitem Grinsen, und hielt sie halbwegs ans Ohr.

Aus weiter Ferne hörte Montag die Stimme rufen: »Montag, fehlt Ihnen etwas?«

Beatty schaltete die grüne Kapsel aus und schob sie in die Tasche. »Da steckt also noch mehr dahinter, als ich vermutete. Es fiel mir auf, wie du den Kopf schräg hieltst beim Hinhören. Zuerst dachte ich, es sei eine Funkmuschel. Als du dann auf einmal gescheit wurdest, kamen mir Zweifel. Wir werden der Sache nachgehen und deinem Freund einen Besuch abstatten.«

»Nein«, rief Montag aus.

Er drückte den Sicherungshebel am Flammenwerfer zurück. Beatty erfaßte die Bewegung mit einem Blick, und seine Augen weiteten sich eine Spur. Die Bestürzung, die sie verrieten, teilte sich Montag mit, und er schaute selber auf seine Hände, was sie jetzt schon wieder angestellt hatten. Wenn er später daran zurückdachte, konnte er nie genau sagen, ob es die Hände gewesen waren oder Beattys Bestürzung, was ihm den endgültigen Anstoß gegeben hatte. Das letzte Donnern der Steinlawine verhallte, ohne daß er getroffen worden wäre.

Beatty lächelte sein gewinnendstes Lächeln. »Nun, auch auf die Art kann man sich Publikum verschaffen. Setzt einem Mann die Pistole auf die Brust, und du zwingst ihn zum Zuhören. Leg los. Was soll's denn diesmal sein? Warum rülpst du mir nicht Shakespeare ins Gesicht, du Pfuscher von einem Bildungsphilister? ›Dein Drohen hat keine Schrecken, Cassius, denn ich bin so bewehrt durch Redlichkeit, daß es vorbeizieht wie der leere Wind, der nichts mir gilt.‹ Was sagst du dazu? Nur zu, du Literat aus zweiter Hand, drück ab.« Er tat einen Schritt auf Montag zu.

Montag sagte bloß: »Wir haben nie richtig gebrannt...«

»Gib her, Guy«, sagte Beatty mit starrem Lächeln.

Und dann war er ein schreiendes Flammenbündel, eine hopsende, hinschlagende, sich verheddernde Gliederpuppe, kein menschliches oder bekanntes Wesen mehr, nur noch eine wabernde Flamme auf dem Rasen, als Montag einen langen Stoß flüssigen Feuers auf ihn abgab. Ein Zischen entstand, wie wenn ein tüchtiger Mundvoll Spucke einen rotglühenden Ofen trifft, ein quirlendes Schäumen, als wäre eine schwarze Riesenschnecke mit Salz überschüttet worden und sonderte nun gelb brodelnden Schaum ab. Montag machte die Augen zu und schrie, schrie und mühte sich verzweifelt, mit den Händen die Ohren zuzustopfen. Beatty überschlug sich einmal, zweimal, dreimal und krümmte sich schließlich zusammen wie eine geschmolzene Wachsfigur und lag dann still da.

Die beiden andern Feuerwehrleute rührten sich nicht.

Montag erwehrte sich der Übelkeit, die in ihm aufstieg, gerade lange genug, um den Flammenwerfer in Anschlag zu bringen. »Rechts um!«

Sie machten kehrt, mit kreideweißem Gesicht, schweißüberströmt; er schlug ihnen den Helm vom Kopf und schlug weiter, bis sie zusammensackten und reglos dalagen.

Das Rascheln eines einzelnen Herbstblattes.

Er wandte sich um, und da stand der Mechanische Hund. Das Untier war aus dem Schatten herausgekommen und bewegte sich mit einer solchen Mühelosigkeit, daß es wie ein geballter schwärzlicher Rauchfetzen wirkte, der lautlos über den Rasen herangeweht kam.

Mit einem einzigen erstaunlichen Satz, mindestens ein Meter über Montags Kopf, kam es herab, die Spinnenbeine ausgestreckt, die Prokainnadel fletschend wie einen bösartigen Zahn. Montag traf es mit einer Feuergarbe, einem einzigen wundersamen Gebilde, das sich mit gelben und blauen und orangefarbenen Blütenblättern um den metallischen Leib entfaltete und ihn umhüllte, als das Tier auf Montag aufprallte und ihn drei Meter zurück gegen einen Baum warf, mitsamt dem Flammenwerfer. Er merkte, wie es sich aufrappelte und sein Bein packte und einen Augenblick lang die Nadel hineinsenkte, bevor die Flammen es in die Luft rissen, seine stählernen Gelenke zerknackten und sein Inneres in einem einzigen roten Erglühen auseinandersprengten wie eine am Boden krepierende Rakete. Montag lag da und sah zu, wie das lebendig-tote Wesen verendete. Noch jetzt schien es ihm auf den Leib rücken zu wollen, um die Einspritzung zu vollenden, die bereits spürbar in seinem Bein arbeitete. Ihn erfüllte das gemischte Gefühl von Erleichterung und Entsetzen, das ein Mensch hat, der gerade noch rechtzeitig zurückgewichen ist, um nur von der Stoßstange eines vorüberrasenden Wagens angeschlagen zu werden. Er getraute sich nicht aufzustehen, aus Angst, er könne vielleicht überhaupt nicht mehr aufstehen, mit einem abgestorbenen Bein. Eine Abgestorbenheit in einer Abgestorbenheit, eingehöhlt in eine Abgestorbenheit.

Und nun...?

Die Straße leer, das Haus verbrannt wie eine alte Kulisse, die andern Häuser dunkel, das Untier hier, Beatty dort, die drei Feuerwehrleute woanders, und der Salamander...? Er betrachtete das Ungetüm. Das mußte auch noch weg.

Nun, dachte er, wir wollen einmal sehen, wie schlimm wir dran sind. Mach dich auf. Sachte, sachte... na also.

Er stand, aber er hatte nur *ein* Bein. Das andere fühlte sich an wie ein Stück Holz, das er mitschleppen mußte, um irgendeine dunkle Schuld abzubüßen. Als er sein Gewicht darauf verlagerte, schoß es ihm wie ein Schauer von Silbernadeln die Wade herauf und zum Knie heraus. Tränen traten ihm in die Augen. Komm schon, komm, hier kannst du nicht bleiben!

Ein paar Fenster wurden wieder hell die Straße entlang, ob infolge der Geschehnisse von vorhin oder wegen der auffälligen Stille nachher, war schwer zu sagen. Montag humpelte um die Trümmerstätte herum, griff nach dem Bein, wenn es hintennach schleppte, redete und wimmerte und schrie ihm Befehle zu und verfluchte es und flehte es an, ihm doch gerade jetzt den Dienst nicht zu versagen, wo es lebenswichtig war. Im Dunkel hörte er ein paar Leute schreien und rufen. Mühsam gelangte er hinters Haus und auf das Seitengäßchen. Beatty, dachte er, du bist jetzt kein beschwerlicher Fall mehr. Du hast immer gesagt, setz dich mit einem Fall nicht auseinander, verbrenne ihn, nun habe ich beides zugleich getan. Lebwohl, Hauptmann Beatty.

Und er stolperte im Dunkeln das Gäßchen entlang.

Jedesmal, wenn er den Fuß aufsetzte, zuckte es ihm wie ein Schrotschuß durch das Bein, und er dachte, du bist ein Trottel, ein verfluchter, ein Trottel bist du, ein Riesentrottel, ein dreimal vermaledeiter Riesentrottel; in ein schönes Schlamassel bist du da geraten, und wie kommst du wieder raus, ein schönes Schlamassel, und was willst du jetzt anfangen? Hochmut, verdammt nochmal, und ein aufbrausendes Wesen, und alles hast du vermasselt, schon ganz am Anfang hast du alles versaut und dich selber dazu. Es kam aber auch alles auf einmal, alles Schlag auf Schlag, Beatty, die Nachbarinnen, Mildred, Clarisse, alles. Keine Entschuldigung, zwar, keine Entschuldigung. Trottel, du verdammter, geh und stell dich der Polizei!

Nein, ich will retten, was zu retten ist, will tun, was zu tun übrig bleibt. Wenn ich schon auf den Scheiterhaufen muß, sollen wenigstens noch ein paar andere dran glauben. Augenblick mal!

Die Bücher fielen ihm ein, und er kehrte um, aufs Geratewohl.

Tatsächlich fand er noch ein paar Bücher, wo er sie versteckt hatte, beim Gartenzaun. Einige waren Mildred gottlob entgangen; vier Bücher fanden sich noch im Versteck. Gleichzeitig hörte er Stimmen in der Nacht, Jammergeschrei, und sah Lichtkegel kreisen. Mehrere Salamander donnerten von fern heran, und Polizeiwagen preschten heulend durch die Stadt.

Montag nahm die vier Bücher an sich und humpelte das Gäßchen entlang und fiel plötzlich hin, wie enthauptet, als läge nur sein Rumpf da. Etwas hatte ihn innerlich mit einem Ruck angehalten und zu Fall gebracht. Er blieb liegen, wo es ihn hingeschlagen hatte, und schluchzte, das Gesicht achtlos in den Kies gepreßt.

Beatty *wollte* sterben.

Mitten im Flennen kam Montag die Erkenntnis, daß es sich so verhielt. Beatty hatte sterben wollen. Er hatte einfach dort gestanden, ohne einen ernstlichen Rettungsversuch zu machen, hatte dort gestanden, witzelnd, stichelnd, dachte Montag, und der Gedanke genügte, um sein Schluchzen zu ersticken und ihn verschnaufen zu lassen. Wie seltsam, so sehr sterben zu wollen, daß man einen andern bewaffnet herumlaufen läßt und dann, statt den Mund zu halten, ihn weiterhin anbrüllt und verhöhnt, bis man ihn richtig in Wut versetzt hat, und dann...

In einiger Entfernung eilige Schritte.

Montag richtete sich auf. Los, steh auf, steh auf, du kannst doch nicht hier hocken bleiben. Aber er mußte sich erst ausweinen. Es war schon nicht mehr so arg. Er hatte niemand umbringen wollen, nicht einmal Beatty. Der Gedanke an Beatty jagte ihm einen Schauder über die Haut, als würde sie mit Säure übergossen. Deutlich sah er Beatty vor sich, eine Fackel, reglos, im Grase verschwelend, und biß sich auf die Knöchel. Verzeih mir, verzeih mir, o Gott, verzeih mir!

Er suchte es sich zusammenzureimen, suchte sich seinen Tageslauf noch vor kurzem zu vergegenwärtigen, ehe das Sieb und der Sand gekommen waren, Zanders Zahnpasta, Mückenstimmen im Ohr, Leuchtkäferschwärme, Alarm und Ausrücken, zu viel für ein paar kurze Tage, zu viel für ein ganzes Leben.

Eilige Schritte am andern Ende des Gäßchens.

Steh auf, herrschte er sich selber an. Verdammt nochmal, steh auf, herrschte er sein Bein an und stand da. Ihm war, als würden ihm große Nägel in die Kniescheibe geschlagen, dann waren es nur noch Drahtstifte und dann gewöhnliche Stecknadeln, und nachdem er sich humpelnd fünfzig Schritte weitergeschleppt hatte, die Hände voller Splitter vom Bretterzaun, war es nur noch, als würde das Bein mit brühheißem Wasser bestäubt. Und das Bein war endlich wieder sein eigenes, er hatte es sich beim Laufen nicht gebrochen, wie er befürchtet hatte. Jetzt saugte er die Nacht ganz in den offenen Mund und hauchte sie verbleicht wieder aus, wobei die Finsternis wie ein Klumpen in ihm zurückblieb, und so begann er dann stetig fürbaß zu humpeln, die Bücher in der Hand.

Faber kam ihm in den Sinn.

Faber war dort hinten in der unkenntlichen Masse, die keinen

Namen mehr trug. Er hatte Faber mitverbrannt. Dies gab ihm einen solchen Stich, daß er vermeinte, Faber sei wirklich tot, wie ein Käfer verkohlt in der kleinen grünen Kapsel, in der Tasche eines Menschen, der jetzt nur noch ein Gerippe war, von teerigen Sehnen zusammengehalten.

Du darfst nicht vergessen, verbrenne sie oder sie verbrennen dich, dachte er. So einfach war das jetzt.

Er kramte in seinen Taschen, das Geld war noch da, und in einer andern Tasche fand er die gewöhnliche Funkmuschel, mittels derer die Stadt in der kalten finsteren Frühe mit sich selber sprach.

»Polizeimeldung. Fahndung nach einem Flüchtling in der Stadt. Hat Mord und Verbrechen gegen den Staat begangen. Name: Guy Montag. Beruf: Feuerwehrmann. Zuletzt gesehen...«

Er setzte sich in Trab und lief, bis der Fußweg in eine breite, menschenleere Straße ausmündete. Sie wirkte wie ein Strom ohne Schiffsverkehr im gleißenden weißen Licht der Bogenlampen hoch oben; man konnte ersaufen beim Versuch, sie zu überqueren. Zu breit, zu offen lag sie da, eine gewaltige Bühne ohne Kulissen, über die er laufen sollte, leicht zu sichten bei der theatralischen Beleuchtung, leicht zu fangen, leicht niederzuknallen.

Im Ohr das Summen der Muschel.

»...Ausschau nach einem Mann, der läuft...haltet Ausschau nach dem Davonlaufenden... nach einem Alleingänger zu Fuß...haltet Ausschau...«

Montag drückte sich in den Schatten. Etwas weiter vorne stand eine Tankstelle, ein mächtiges Stück weißen, schimmernden Porzellans, an der eben zwei Wagen hielten. Er mußte sauber und unauffällig wirken, wenn er über die Straße gehen, nicht rennen, wenn er ruhig hinüberschlendern wollte. Es würde seine Sicherheit steigern, wenn er sich wusch und kämmte, ehe er sich auf den Weg machte – wohin?

Ja, dachte er, wohin laufe ich eigentlich?

Nirgendshin. Er konnte nirgends hin, hatte keinen Freund, an den er sich wenden konnte. Keinen außer Faber, und er wurde inne, daß er auf dem Weg zu Faber war, ganz unwillkürlich. Verstecken konnte ihn allerdings auch Faber nicht, es wäre der reine Selbstmord, auch nur daran zu denken. Aber sehen wollte er Faber wenigstens, wenn auch nur für ein paar Minuten. Nur bei Faber konnte er seinen Selbsterhaltungstrieb, der ihm immer mehr abhanden kam, wieder auftanken. Er wollte sich vergewissern, daß es einen Menschen wie Faber überhaupt gab. Er wollte sehen, daß er noch am Leben war, nicht verkohlt dort hinter ihm, eingekapselt in einen andern Leib. Und einen Teil des Geldes mußte er ihm natürlich hinterlassen, ehe er die Flucht fortsetzte. Vielleicht gelang es ihm, aufs Land hinauszukommen, um auf oder an Flüssen, in der Nähe der Landstraßen, in Wald und Feld sein Leben zu fristen.

Ein Schwirren in der Luft ließ ihn zum Nachthimmel emporschauen.

In der Ferne stiegen die Polizeihubschrauber auf, so weit weg, daß es aussah, als hätte jemand die Schirmchen von einem verblühten Löwenzahn weggepustet. Zwei Dutzend schwebten unschlüssig in der Luft, fünf Kilometer entfernt, ratlos wie Schmetterlinge im Herbst, und dann setzten sie zur Landung an, einer nach dem andern, da, dort, ließen sich sachte auf die Straßen nieder, wo sie, in Fahrzeuge zurückverwandelt, dahinheulten, um sich dann ebenso plötzlich wieder emporzuschwingen und die Suche fortzusetzen.

Und da stand also die Tankstelle, deren Bedienung gerade mit der Kundschaft zu tun hatte. Von der Rückseite her betrat Montag die Toilette. Eine Stimme im Rundfunk nebenan sagte: »Es ist zur Kriegserklärung gekommen.« Draußen wurde Benzin gepumpt. Die Leute sprachen mit dem Tankwart von den Motoren, dem Benzin, der Bezahlung. Montag suchte sich klarzumachen, was die beiläufige Rundfunkansage bedeutete, aber er brachte kein Gefühl dafür auf. Was ihn anbetraf, mußte der Krieg sich noch eine Stunde oder zwei gedulden, bis er sich damit abgeben konnte.

Er wusch sich Hände und Gesicht und trocknete sie ab, ohne viel Geräusch zu machen. Dann trat er hinaus, zog behutsam die Tür zu und schritt in die Dunkelheit hinein und stand schließlich wieder am Rand der leeren Straße.

Da lag sie, ein Spiel, das er gewinnen mußte, in der taufrischen Frühe, blitzblank wie eine Arena zwei Minuten vor dem Auftreten namenloser Opfer und unbekannter Totschläger. Die Luft über dem mächtigen Betonbett flirrte einzig und allein von Montags Körperwärme; es war nicht zu glauben, wie deutlich er die ganze Umwelt von sich allein in Schwingungen versetzt fühlte. Er bildete eine schimmernde Zielscheibe, er wußte es, er spürte es. Und nun mußte er seinen Gang antreten.

Drei Häuserblocks entfernt funkelten Scheinwerfer auf. Montag holte tief Atem. Seine Lungen waren wie brennendes Gestrüpp in seiner Brust, der Mund war vom Laufen ganz trocken. Im Hals hatte er ein würgendes Gefühl und in den Füßen verrostetes Schrotteisen.

Und die Scheinwerfer dort? Wenn er einmal angefangen hatte zu gehen, mußte er abschätzen, wie schnell der Wagen hier sein konnte. Nun, wie weit war es bis zur andern Bordkante? Ungefähr hundert Meter, schien es ihm. Wahrscheinlich nicht ganz so viel, aber er wollte es einmal annehmen, wollte annehmen, daß er bei langsamem Gehen, bei ganz gemütlichem Schlendern, bis zu dreißig, vierzig Sekunden brauchen würde, um die Strecke zurückzulegen. Der Wagen? Einmal in Fahrt, konnte er in fünfzehn Sekunden hier sein. Also, selbst wenn er halbwegs drüben anfing zu laufen...«

Er setzte den rechten Fuß hinaus und dann den linken Fuß und dann den rechten. Er schritt auf der leeren Straße.

Auch auf einer vollkommen leeren Straße war es natürlich nicht sicher, daß man ungeschoren hinüberkam; ein Wagen konnte vier Blocks weiter weg auftauchen und heran und vorüber sein, ehe man ein Dutzend Atemzüge getan hatte.

Er verzichtete darauf, seine Schritte zu zählen, und schaute weder nach rechts noch nach links. Das Licht der Bogenlampen über ihm kam ihm so hell und verräterisch vor wie die Mittagssonne und genau so heiß.

Er hörte nicht hin, wie der Wagen zwei Blocks zu seiner Rechten die Geschwindigkeit steigerte. Die beweglichen Scheinwerfer begannen auf einmal hin und her zu zucken und nach Montag zu haschen.

Nur weitergehen.

Montag wurde unsicher, hielt krampfhaft die Bücher fest und zwang sich, nicht zu erstarren. Unwillkürlich machte er ein paar schnellere Schritte, redete dann laut mit sich selber und fiel wieder in den schlendernden Gang zurück. Er hatte jetzt ungefähr die Hälfte des Fahrdamms hinter sich, aber das Dröhnen der Motoren tönte immer höher, je schneller sie liefen.

Die Polizei, klar. Man hat mich gesichtet. Nur langsam jetzt, langsam, bedächtig, dreh dich nicht um, wirke unbekümmert. Geh zu, das ist's, geh ruhig zu.

Der Wagen kam rasch näher. Der Wagen dröhnte. Der Wagen beschleunigte die Geschwindigkeit noch. Der Wagen gab schon einen ganz hohen Ton, immer lauter und noch höher. Der Wagen kam herangeflitzt, in einer pfeifenden Bahn, aus unsichtbarem Rohr geschossen. Er war auf hundertachtzig Kilometer. Er war auf zweihundert Kilometer. Montag biß auf die Zähne. Ihm war, die Hitze der rasenden Scheinwerfer senge ihm die Wange, lasse seine Augenlider flattern und treibe ihm den Schweiß aus allen Poren.

Er begann wie ein Schwachsinniger zu schlurfen und mit sich selber zu reden, und dann auf einmal rannte er einfach los. Er nahm so lange Schritte, als er nur konnte, möglichst lange Schritte, möglichst lange. Verflucht nochmal! Ein Buch entfiel seiner Hand, er stockte, machte beinahe kehrt, besann sich eines andern, strebte weiter, schreiend in der steinernen Leere, der Wagen machte Jagd auf die flüchtende Beute, war siebzig, war fünfunddreißig Meter entfernt, dreißig, fünfundzwanzig, zwanzig. Montag keuchte, holte aus mit den Armen, mit den Beinen, immer näher, ein Tuten, ein Rufen, seine Augen weißglühend, als er jetzt mit einem Ruck den Kopf nach dem grellen Schein wandte, der Wagen war schon von seinem eigenen Licht verschluckt, war nur noch eine Brandfackel, die auf ihn zugeschleudert kam; ein einziges blendendes Getöse. Jetzt – ihm fast auf dem Leib.

Er stolperte und schlug hin.

Jetzt ist es geschehen! Ich bin erledigt!

Aber das Hinfallen machte etwas aus. Im Augenblick, ehe er ihn erreichte, drehte der rasende Wagen ab. Er war vorüber. Montag lag flach auf dem Gesicht. Gelächter kam mit dem blauen Auspuff vom Wagen hergeflattert.

Seine rechte Hand lag nach vorn ausgestreckt. An der äußersten Spitze des Mittelfingers bemerkte er nun eine feine schwarze Spur, wo der Reifen ihn gestreift hatte. Ungläubig besah er sich die geschwärzte Stelle, als er wieder aufstand.

Das war nicht die Polizei, dachte er.

Er sah die Straße entlang, die jetzt wieder leer war. Jugendliche verschiedenen Alters, was wußte er, von zwölf bis sechzehn Jahren, hatten auf ihrer lärmig-fröhlichen Ausfahrt einen Mann gesehen, etwas höchst Außergewöhnliches, einen gemütlich schlendernden Fußgänger, eine Kuriosität, und hatten einfach gesagt: »den holen wir uns«, ohne zu ahnen, daß es der gesuchte Guy Montag war, nur ein paar Jugendliche, die auf einer nächtlichen Spritzfahrt einige siebenhundert oder achthundert Kilometer hinter sich brachten, die Gesichter eiskalt vom Wind, um dann in der Frühe nach Hause zu kommen oder nicht, noch am Leben zu sein oder auch nicht, je nachdem, darin bestand der Kitzel.

Umgebracht hätten sie mich, dachte Montag, während er schwankend dastand, in der noch immer aufgewühlten Luft, und sich die Quetschung an der Wange befühlte. Ohne irgendeinen Grund hätten sie mich umgebracht.

Er schritt der andern Straßenseite zu, mußte aber jedem der

beiden Füße einen gesonderten Marschbefehl geben. Irgendwie hatte er auch die verstreuten Bücher wieder aufgehoben, ohne daß er gewußt hatte wie und wann. Er schob sie von der einen Hand in die andere, als wären es Pokerkarten, aus denen er nicht klug wurde.

Ich möchte bloß wissen, ob es dieselben waren, die Clarisse umbrachten?

Er blieb stehen, und die Frage widerhallte laut in seinem Innern.

Ob es wohl dieselben waren, die Clarisse umbrachten?

Am liebsten wäre er ihnen schreiend nachgerannt.

Tränen traten ihm in die Augen.

Was ihn gerettet hatte, war der Umstand, daß er längelang hinfiel. Als der Fahrer ihn am Boden liegen sah, hatte er offenbar befürchtet, der Wagen könnte sich überschlagen, wenn er bei dieser Geschwindigkeit über einen daliegenden Körper fahre. Wäre Montag noch ein aufrechtes Ziel gewesen . . .?

Es verschlug ihm den Atem.

Ein gutes Stück weiter die Straße entlang hatte der Wagen gebremst, auf zwei Rädern kehrtgemacht, und raste nun wieder heran, schräg über die falsche Straßenseite, mit zunehmender Geschwindigkeit.

Aber Montag war weg, geborgen in der dunkeln Seitenstraße, nach der er sich aufgemacht hatte, war es vor einer Stunde oder vor einer Minute gewesen? Bibbernd stand er da, warf einen Blick zurück und sah den Wagen vorüberflitzen, schleudernd die Straßenmitte gewinnen, quirliges Gelächter um sich in der Luft, weg.

Nachher, als Montag im Dunkeln weitertappte, sah er die Hubschrauber herabschweben, ringsum herabschweben, wie die ersten Schneeflocken des langen Winters, der ihm bevorstand . . .

Das Haus war still.

Montag schlich sich von hinten heran, durch dichten, nachtfeuchten Duft von Narzissen und Rosen und betautem Gras. Er faßte nach der Hintertür, fand sie unverriegelt, schlüpfte hinein und ging horchend über den Flur.

Frau Black, schlafen Sie noch? Ich habe nichts Gutes vor, aber Ihr Mann hat es andern getan, ohne sich je zu besinnen. Und da Sie die Frau eines Feuerwehrmannes sind, kommen Sie und Ihr Haus jetzt an die Reihe, für all die Häuser, die Ihr Mann niedergebrannt und all die Leute, die er dabei unbedenklich ins Verderben gestürzt hat.

Das Haus gab keine Antwort.

Er versteckte die Bücher in der Küche und schlich sich wieder hinaus ins Freie, und das Haus lag immer noch friedlich schlummernd da.

Auf seinem Weg durch die Stadt, über der die Hubschrauber wie Papierfetzen schwirrten, erstattete er Anzeige, von einer einsamen Fernsprechzelle aus, die vor einem nachtsüber geschlossenen Laden stand. Dann blieb er in der nächtlichen Kühle stehen und wartete, bis er in der Ferne die Feuersirene aufheulen hörte und den Salamander, der kam, um Blacks Haus, während er Dienst hatte, niederzubrennen und Blacks Frau verzweifelt in der Frühe stehen zu lassen, während das Dach brennend in sich zusammenstürzte. Doch jetzt schlief sie noch.

Gute Nacht, Frau Black, dachte er.

»Faber!«

Noch ein Klopfen, ein leises Rufen und ein langes Warten. Dann, nach geraumer Weile, leuchtete in Fabers kleinem Haus ein kleines Licht auf. Nach einer weiteren Wartezeit öffnete sich die Haustür.

Sie musterten einander im Helldunkel, Faber und Montag, als glaube keiner an das Vorhandensein des andern. Dann kam Leben in Faber, er streckte die Hand hin und zog Montag hinein und veranlaßte ihn, Platz zu nehmen, während er zur Tür zurückging und horchte. Das Sirenengeheul entfernte sich draußen. Er kam herein und schloß die Tür.

»Ich war ein Trottel, noch und noch«, sagte Montag. »Ich kann nicht lange bleiben, bin unterwegs weiß Gott wohin.«

»Wenigstens haben Sie sich auf die richtige Seite geschlagen«, meinte Faber. »Ich dachte, Sie seien tot. Die Hörkapsel, die ich Ihnen gab –«

»Verbrannt.«

»Ich hörte den Hauptmann mit Ihnen sprechen, und dann riß es plötzlich ab. Beinahe wäre ich Sie suchen gegangen.«

»Der Hauptmann ist tot. Er fand die Hörkapsel, er hörte Ihre Stimme, er wollte Sie aufspüren. Ich habe ihn mit dem Flammenwerfer umgebracht.«

Faber setzte sich hin und sagte eine Zeitlang nichts.

»Du mein Gott, wie ist das alles bloß gekommen?« fragte Montag. »Noch vor kurzem war alles in schönster Ordnung, und ehe man sich's versieht, steht einem das Wasser bis zum Hals. Wie oft kann man untertauchen und doch noch am Leben sein? Ich kriege keine Luft mehr. Beatty ist tot, der früher mein Freund war, und Millie ist weg, die ich für meine Frau hielt, aber jetzt bin ich dessen nicht mehr sicher. Und das Haus abgebrannt, und die Stelle verloren, und ich selber auf der Flucht, und einem Feuerwehrmann habe ich unterwegs Bücher ins Haus eingeschmuggelt. Allmächtiger, was habe ich in einer einzigen Woche alles getan!«

»Sie taten, was Sie tun mußten. Es war schon lange fällig.« »Ja, das glaube ich auch, davon bin ich überzeugt. Es hat sich in mir aufgestaut. Ich spürte es schon seit langem, daß sich etwas in mir aufstaute; was ich tat, stimmte nicht mehr zu meinem Gefühl. Ich habe es längst mit mir herumgetragen. Ein Wunder, daß man es mir nicht anmerkte, wie einen Schmerbauch. Und jetzt bringe ich auch noch Ihr Leben durcheinander. Vielleicht ist man mir auf den Fersen.«

»Zum erstenmal seit Jahren fühle ich mich wieder quicklebendig«, bemerkte Faber. »Ich habe das Gefühl, daß ich tue, was ich schon längst hätte tun sollen. Vorläufig ist alle Angst von mir gewichen, vielleicht weil ich endlich auf dem richtigen Weg bin, vielleicht auch, weil ich unbesonnen gehandelt habe und vor Ihnen nicht als Feigling dastehen möchte. Ich muß wohl noch gewalttätiger werden, damit ich nicht mehr zurück kann, Duckmäuser der ich bin. Was gedenken Sie zu tun?«

»Fliehen, immer weiter fliehen.«

»Sie wissen, daß der Krieg ausgebrochen ist?«

»Ich hab's gehört.«

»Herrgott, ist es nicht komisch?« sagte der alte Mann.

»Der Krieg scheint so fern, weil wir unsere eigenen Sorgen haben.«

»Ich bin noch gar nicht zum Nachdenken gekommen.«

Montag zog hundert Dollar hervor. »Das bleibt bei Ihnen. Verwenden Sie es nach Gutdünken, wenn ich fort bin.«

»Aber –«

»Bis Mittag bin ich vielleicht schon tot; wenden Sie es gut an.«

Faber nickte. »Am besten, Sie schlagen die Richtung nach dem Fluß ein, folgen ihm, und wenn Sie auf die früheren Bahngeleise stoßen, folgen Sie diesen. Der Verkehr wickelt sich zwar heute so gut wie ganz in der Luft ab, und die meisten Bahnlinien sind unbenützt, aber die Geleise sind jedenfalls noch da und verrosten. Ich habe mir sagen lassen, es gebe da und dort noch Landstreicherlager, sogenannte Wanderlager, und wenn Sie weit genug gehen und die Augen offen halten, – zwischen hier und Los Angeles sollen auf den Geleisen eine Menge ehemaliger Akademiker zu treffen sein. Die meisten von ihnen werden in der Stadt polizeilich gesucht, sind aber vermutlich noch am Leben. Zahlenmäßig sind sie zu unbedeutend, daß es sich für die Behörden lohnte, sie aufzuspüren. Mit diesen Leuten könnten Sie sich eine Zeitlang zusammentun und dann in St. Louis wieder Verbindung mit mir aufnehmen. Ich reise heute früh mit dem Fünf-Uhr-Bus dorthin, um einen ehemaligen Buchdrucker aufzusuchen, ich wage mich endlich selber ins Freie. Dieses Geld da wird gut angewendet werden. Vielen Dank und Gott mit Ihnen. Wollen Sie ein paar Minuten schlafen?«

»Ich mache mich lieber auf den Weg.«

»Wir wollen mal sehen, wie's steht.«

Er führte Montag rasch in die Schlafkammer und schob ein Bild zur Seite, worauf ein Fernsehschirm von der Größe einer Postkarte zum Vorschein kam. »Ich wollte etwas Kleines, etwas, womit ich mich unterhalten konnte, etwas, das sich mit einer Handfläche wieder zudecken läßt, nichts, was mich niederschreien kann, nichts Überlebensgroßes. Das wär's also.« Er knipste es an.

»Montag«, sagte der Fernsehempfänger und wurde hell. »M-O-N-T-A-G.« Eine Stimme buchstabierte. »Guy Montag. Noch auf der Flucht. Polizeihubschrauber sind eingesetzt. Ein neuer Mechanischer Hund ist von einem anderen Bezirk geholt worden...«

Montag und Faber warfen sich einen Blick zu.

»... Spürhund versagt nie. Noch nie, seit diese unglaubliche Erfindung bei der Fahndung verwendet wird, hat sie ihr Ziel verfehlt. Wir sind stolz darauf, heute nacht Gelegenheit zu haben, mit der Hubschrauberkamera dem Spürhund zu folgen, wie er sich auf den Weg macht...«

Faber schenkte zwei Glas Whisky ein. »Wir werden das nötig haben.«

Sie tranken.

»... so empfindliche Nase, daß der Mechanische Hund zehntausend Geruchskomplexe von zehntausend Personen im Gedächtnis behalten und unterscheiden kann, ohne daß er neu eingestellt zu werden braucht!«

Faber kam ein leises Frösteln an, und er sah umher, sah die Wände an, die Tür, die Türklinke und den Stuhl, auf dem Montag saß. Diesem war der Blick nicht entgangen. Beide warfen sie einen Blick in die Runde, und Montag merkte, wie sich seine Nasenflügel weiteten, und wurde inne, daß er sich selber aufspüren wollte, und seine Nase war auf einmal fein genug, die Spur wahrzunehmen, die er beim Gang durchs Zimmer hinterlassen hatte; und die Ausdünstung seiner Hand hing von der Türklinke, unsichtbar, aber so deutlich wie Glaskristalle, er war überall, auf und in allem und drum herum, er war eine leuchtende Wolke, ein Schemen, der das Atmen abermals unmöglich machte. Es fiel ihm auf, wie Faber selber den Atem anhielt, aus Angst, diesen Schemen vielleicht in sich aufzunehmen und sich anzustecken mit dem geisterhaften Hauch und Geruch eines Verfolgten.

»Der Spürhund landet jetzt mit Hubschrauber an der Brandstätte.«

Und da war es auf der kleinen Bildfläche, das abgebrannte Haus und die Menschenmenge und etwas mit einem Laken darüber, und vom Himmel herabgeflattert, wie eine groteske Blume, kam der Hubschrauber.

Das Spiel muß also zu Ende gespielt werden, dachte Montag. Die Volksbelustigung geht weiter, selbst jetzt, wo der Krieg stündlich über uns kommen kann...

Gebannt verfolgte er die Geschehnisse, ohne das Bedürfnis, sich von der Stelle zu rühren. Es schien alles so weitab und ging ihn nichts an, es war ein Spiel, eine Sache für sich, erstaunlich zu sehen, nicht ohne eigenartigen Reiz. Alles das geschieht meinetwegen, dachte er, alles das bloß meinetwegen.

Wenn er wollte, konnte er hier verweilen, in aller Bequemlichkeit, und die ganze Jagd in ihrem raschen Aufeinander verfolgen, zwischen den Häusern hindurch, quer über die Straßen, die leeren Rennbahnen, über Bauplätze und Spielplätze, mit Pausen dann und wann für die notwendigen Reklamesendungen, durch Seitengassen zu Blacks brennendem Haus, und so schließlich hierher, wo Faber und er saßen und tranken, während der Hund die letzte Spur entlangschnüffelte, lautlos wie ein Todeshauch, und draußen vor dem Fenster dort rutschend zum Stehen kam. Dann, wenn er wollte, konnte Montag aufstehen, ans Fenster treten, ohne den Fernsehschirm ganz aus den Augen zu lassen, konnte sich hinauslehnen, zurückschauen, um zu sehen, wie er beschrieben, dramatisiert, herausgestrichen wurde, so wie er dastand, auf der hellen Bildfläche von draußen her erfaßt, ein Schauspiel, sachlich-nüchtern zu verfolgen, im Bewußtsein, daß er in andern Zimmern in voller Lebensgröße dastand, farbenprächtig und körperlich greifbar. Und wenn er scharf aufpaßte, konnte er sich noch sehen, unmittelbar bevor der Vorhang fiel, wie er angebohrt wurde zur Belustigung von wer weiß wievielen Stubenhockern, die kurz vorher durch das wahnsinnige Sirenengeheul ihrer Wände aus dem Schlaf aufgeschreckt worden waren, damit sie den ganzen Rummel miterleben konnten.

Ob er wohl Zeit zu einer Ansprache hätte? Während der Spürhund ihn packte, vor den Augen von zehn oder zwanzig oder dreißig Millionen Zuschauern, konnte er da nicht sein ganzes Leben die vergangene Woche hindurch zusammenfassen in eine einzelne Wendung oder ein Wort, das in ihnen haften bleiben würde, lange nachdem der Hund sich abgewandt hatte, um mit ihm in der Metallzange seiner Fänge in die Dunkelheit hinauszutraben, während die Kamera stehen blieb und festhielt, wie der Hund sich in der Ferne verlor – ein glänzendes Schlußbild. Was konnte er mit einem Wort, mit ein paar Worten sagen, um den Zuschauern wie ein Gluthauch in die Gesichter zu fahren und sie aufzuputschen?

»Dort«, sagte Faber leise.

Aus einem Hubschrauber glitt etwas, das nicht Maschine und nicht Tier, nicht Lebewesen und nicht totes Ding war, von einem hellgrünen Schimmer umwittert. Es blieb neben den qualmenden Trümmern stehen, und man brachte Montags Flammenwerfer herbei und legte ihn dem Hund unter die Schnauze. Ein Sirren, Knacken und Summen hob an.

Montag schüttelte den Kopf, stand auf und leerte sein Glas. »Es ist Zeit. Es tut mir leid.«

»Weshalb? Etwa meinetwegen? Wegen meines Hauses? Ich habe nichts anderes verdient. Laufen Sie zu, um Himmelswillen. Vielleicht kann ich sie hier aufhalten –«

»Halt. Es hat keinen Zweck, daß man Sie aufstöbert. Verbrennen Sie, wenn ich fort bin, die Bettdecke, die ich berührt habe, werfen Sie den Stuhl drüben in der Stube in den Ofen. Reiben Sie die Möbel mit Sprit ab, auch die Türklinken. Verbrennen Sie den Vorleger in der Stube. Drehen Sie die Klima-Anlage in allen

Zimmern ganz auf und bestäuben Sie alles mit einem Mottenver-
tilgungsmittel, falls vorhanden. Stellen Sie dann den Rasensprenger an, so stark als möglich, und spritzen Sie den Gehsteig ab.
Wenn wir Glück haben, tilgen wir die Spur wenigstens hier
drinnen.«

Faber drückte ihm die Hand. »Ich will's tun. Viel Glück. Falls
wir beide nächste Woche oder übernächste Woche wohlauf sind,
setzen Sie sich mit mir in Verbindung, postlagernd St. Louis.
Schade, daß ich Sie diesmal nicht begleiten kann, mit der
Hörkapsel. Das hat uns beiden gut getan. Aber mein Vorrat ist
beschränkt. Ich habe eben nie gedacht, daß ich je dafür Verwen-
dung hätte. Was für ein törichter Greis. Nichts im Kopf. Dumm,
dumm. Ich habe keine andere Kapsel, die ich Ihnen ins Ohr
stecken könnte. Gehen Sie jetzt!«

»Noch etwas. Rasch. Ein Koffer, holen Sie ihn, tun Sie Ihre
schäbigsten Kleider hinein, einen alten Anzug, je schmutziger
um so besser, ein Hemd, ein paar alte Halbschuhe und
Socken...«

Faber verschwand und war im Nu wieder da. Sie versiegelten
den Pappkoffer mit Klebstreifen. »Um den altertümlichen Geruch von Herrn Faber einzusperren«, erklärte Faber, während er
sich damit abmühte.

Montag besprengte den Koffer außendran mit Whisky. »Ich
möchte nicht, daß der Hund zwei Gerüche auf einmal wittert.
Darf ich den Whisky mitnehmen? Ich brauche ihn später noch.
Herrgott, hoffentlich klappt's.« Sie schüttelten sich nochmals die
Hand. Im Hinausgehen sahen sie rasch nach dem Fernsehschirm.
Der Hund war unterwegs, begleitet von schwebenden Hub-
schrauberkameras, lautlos in den Nachtwind hineinschnup-
pernd. Schon lief er durch das erste Seitengäßchen.

»Auf Wiedersehen!«

Und Montag war zur Hintertür hinaus. Während er mit dem
halbleeren Koffer in der Hand davonlief, hörte er, wie hinter ihm
der Rasensprenger angedreht wurde und die Luft mit feinem
Geriesel erfüllte und dann mit klatschendem Regen, der die

Fußwege reinwusch und in die Seitengasse ablief. Ein paar Tropfen dieses Regens trug er auf dem Gesicht mit sich hinweg. Es war ihm noch, als höre er den alten Mann Lebewohl rufen, aber er war nicht ganz sicher.

So schnell er konnte, lief er von dem Hause weg, dem Fluß entgegen.

Montag lief.

Er glaubte zu verspüren, wie der Hund näherkam, einem Herbsthauch gleich, kalt und trocken und rasch, ein Wind, unter dem sich das Gras nicht bewegt, der keine Fenster zuschlägt und die Schatten des Laubwerks auf dem hellen Pflaster nicht stört. Der Spürhund rührte nicht an die Welt. Er trug seine Stille mit sich, so daß sich diese Stille hinter dem Fliehenden zu einem Druck verdichtete. Montag fühlte den Druck immer deutlicher und lief.

Unterwegs blieb er einmal stehen, um sich zu verpusten und um durch schwacherleuchtete Fenster in Häuser hineinzuspähen, wo Schattengestalten vor den Fernsehwänden saßen, und dort an den Wänden war der Mechanische Hund, ein Hauch von Neondunst, auf seinen Spinnenbeinen heran und wieder weg, heran und weg. Jetzt an der Elmstraße, Lincoln, Oak, Park, und das Seitengäßchen hinauf zu Fabers Haus.

Geh vorbei, suchte Montag ihn zu beschwören, bleib nicht stehen, such weiter, geh nicht hinein!

Auf der Zimmerwand stand Fabers Haus; der Rasensprenger sandte stoßweise seinen Sprühregen in die Nacht hinein.

Der Hund hielt bebend inne.

Nein! Montag klammerte sich ans Fenstersims. Hierher! Hier!

Die Prokainnadel zuckte aus und ein, aus und ein. Ein einziger Tropfen des Betäubungsmittels löste sich von der Nadel, als sie wieder in der Schnauze des Hundes verschwand.

Montag verhielt den Atem.

Der Mechanische Hund wandte sich ab und preschte hinweg von Fabers Haus, wiederum die Seitengasse hinunter.

Bei einem Blick zum Himmel empor sah Montag die Hub-schrauber schon näher, ein Schwarm von Insekten, alle von derselben Lichtquelle angezogen.

Gewaltsam mußte Montag sich klarmachen, daß es nicht ein Stück aus einem Roman war, was er da auf seiner Flucht an den Fluß sah, sondern seine höchstpersönliche Schachpartie, die er Zug um Zug verfolgte.

Er stieß einen lauten Fluch aus, um sich den nötigen Anstoß zu geben und um von diesem letzten Fenster loszukommen, während drinnen die spannende Geschichte weiterging! Dann war er wieder unterwegs, Seitengäßchen, Straße, Seitengäßchen, Straße, und der Geruch des Flusses. Immer einen Fuß vor den andern. Zwanzig Millionen Montags würden es bald sein, wenn ihn die Kameras erfaßten. Zwanzig Millionen Montags, die rannten, immerzu rannten, wie in einer uralten flimmernden Filmgroteske mit Schutzleuten und Einbrechern, Verfolgern und Verfolgten, Jägern und Gejagten, er hatte es schon tausendmal gesehen. Hinter ihm hetzten jetzt zwanzig Millionen lautloser Spürhunde über Zimmerwände, Dreiwinkelaufnahme, von der rechten Wand zur Mittelwand, zur linken Wand und weg, rechte Wand, Mittelwand, linke Wand, weg.

Montag klemmte sich die Funkmuschel ins Ohr:

»Polizeimeldung. Die gesamte Bevölkerung im Gebiet der Elmstraße möge sich folgendermaßen verhalten: Jedermann in jedem Haus in jeder Straße öffne eine Haus- oder Hintertür oder schaue zum Fenster hinaus. Der Flüchtige kann nicht entkommen, wenn ein jeder in der nächsten Minute Ausschau hält. Bereit!«

Natürlich! Warum war man nicht schon längst darauf verfallen! Warum hatte man in all den Jahren nie die Zuschauer selber mitspielen lassen? Jedermann auf, jedermann raus! Er konnte nicht entkommen! Der einzige Mensch in der nächtlichen Stadt, der rannte, der einzige, der auf den Beinen war.

»Es wird bis zehn gezählt. Eins! Zwei!«

Ihm war, er sehe die Stadt aus den Federn kriechen.

»Drei!«

Ihm war, er sehe die Stadt an die Türen eilen
Schneller. Immer einen Fuß vor den andern!

»Vier!«

Leute, die schlaftrunken durch den Flur taumelten.

»Fünf!«

Ihm war, er sehe alle die Hände an den Türklinken.

Der Geruch vom Fluß her war kühl und greifbar wie ein
Regen. In der Kehle stak ihm etwas wie verbrannter Rost, seine
Augen waren leergeweint vom Laufen. Er schrie auf, als ob ihm
das einen Antrieb geben und ihn über die letzten hundert Meter
hinwegschleudern könne.

»Sechs, sieben, acht!«

Fünftausend Türen wurden aufgeklinkt.

»Neun!«

Er lief von der letzten Häuserreihe weg, einen Hang hinunter,
der zu einer dichten, in Bewegung befindlichen Finsternis führte.

»Zehn!«

Die Türen gingen auf.

Er stellte sich vor, wie tausend und abertausend Augenpaare in
Höfe, Seitengäßchen und zum Himmel hinauf spähten, stellte
sich die Gesichter vor, von Vorhängen verdeckt, blasse, nacht-
verängstigte Gesichter, wie graue Tiere, die aus Höhlen hervor-
guckten, Gesichter mit farblos-grauen Augen, grauen Zungen,
grauen Gedanken, die aus den fühllosen Gesichtern heraus-
hängen.

Doch er stand am Fluß.

Er hielt eine Hand ins Wasser, um sicher zu sein, daß er sich
nicht täuschte. Dann watete er hinein und zog sich im Dunkeln
bis auf die Haut aus, besprengte sich Körper, Arme, Beine und
Kopf mit Whisky. Darauf zog er sich Fabers alte Kleider und
Schuhe an. Seine eigenen schleuderte er in den Fluß hinaus und
sah zu, wie sie weggeschwemmt wurden. Den Koffer in der
Hand, schritt er dann ins Wasser hinaus, bis er den Boden unter
den Füßen verlor und im Dunkeln ebenfalls weggespült wurde.

Er war noch keine dreihundert Meter flußabwärts gekommen, als der Hund am Ufer stand, über sich die fächelnden Flügel der Hubschrauber. Ein Übermaß an Licht fiel auf den Fluß, als wäre die Sonne durch die Wolken gebrochen, und Montag tauchte unter dem Beleuchtungszauber weg und ließ sich fortreißen, ins Dunkel hinein. Die Scheinwerfer drehten ab und zurück aufs Ufer, als hätten sie eine neue Spur gefunden. Und schon waren sie weg. Der Hund war weg. Jetzt gab es nur noch das kalte Wasser und mit einmal einen großen Frieden, in dem sich Montag treiben ließ, weg von der Stadt und den Scheinwerfern und der Hetze, hinweg von alledem.

Es kam ihm vor, als habe er eine Bühne und viele Schauspieler hinter sich gelassen. Es kam ihm vor, als habe er die große spiritistische Sitzung mit all den raunenden Geistererscheinungen endgültig hinter sich. Er flüchtete aus einer Unwirklichkeit, die beängstigend war, in eine Wirklichkeit hinein, die etwas Unwirkliches hatte, weil sie neu war.

Schwarz glitt das Ufer vorüber; es verwandelte sich allmählich in eine Hügellandschaft. Zum erstenmal seit Jahren sah Montag über sich die Sterne hervorkommen, in großen Festzügen kreisenden Feuers. Er glaubte am Himmel ein mächtiges Gefährt aus Sternen heranrollen zu sehen, das ihn zu zermalmen drohte.

Als der Koffer sich füllte und versank, ließ Montag sich auf dem Rücken treiben; der Fluß war sanft und geruhsam und strebte weg von den Menschen, die von Schatten lebten am Morgen und von Dampf zu Mittag und von Dunst am Abend. Der Fluß war etwas Wirkliches; er hielt ihn behaglich umfangen und gab ihm endlich Zeit, die letzten Wochen zu bedenken, das zu Ende gehende Jahr und all die Jahre vorher. Er merkte, wie sein Herz sich beruhigte. Mit dem Blut wurden auch seine Gedanken bedächtiger.

Nun sah er den Mond tief am Himmel. Der Mond dort und der Mondschein, woher hatten sie ihr Licht? Von der Sonne natürlich. Und was gibt der Sonne ihr Licht? Ihr eigenes Feuer. Und die Sonne verbrennt immer weiter, Tag für Tag. Die Sonne und die Zeit. Die Sonne und die Zeit und das Verbrennen. Das Verbrennen. Sachte dümpelte er flußabwärts. Das Verbrennen. Die Sonne und jede Uhr auf Erden. Alles verschmolz ihm innerlich zu einem einzigen Ganzen. Nachdem er sich lange hatte treiben lassen auf dem Land und eine kurze Zeit auf dem Wasser, erkannte er, warum er zeit seines Lebens nie mehr brennen durfte.

Die Sonne verbrannte jeden Tag. Sie verbrannte die Zeit. Die Welt raste im Kreise herum und drehte sich um ihre Achse, und die Zeit war ohnehin fleißig daran, die Jahre und die Menschen zu verbrennen, ohne daß er dabei nachhalf. Wenn auch er noch Dinge verbrannte, und die Sonne verbrannte die Zeit, dann hieß das, daß alles verbrannte.

Irgendwo mußte es mit dem Verbrennen ein Ende haben. Die Sonne hörte bestimmt nicht damit auf. Also sah es ganz danach aus, als ob es an Montag sei und an den Leuten, mit denen er bis vor kurzem noch zusammengearbeitet hatte. Irgendwo mußte wieder ein Anfang gemacht werden mit Erhalten und Bewahren, und jemand mußte sich auf die eine oder andere Art damit befassen, mußte erhalten und bewahren, in Büchern, in Archiven, in den Köpfen der Leute, gleichgültig wie, solange nur Sicherheit bestand gegen Motten, Rost und Moder, und gegen Menschen mit Streichhölzern. Die Welt war voll Verbrennung aller Art. Nun galt es schleunigst die Zunft der Asbestweber ins Leben zu rufen.

Er spürte, wie er mit dem Absatz anstieß, Geröll und Gestein streifte, über Sand schlurrte. Die Strömung hatte ihn gegen das Ufer gespült.

Wie eine gewaltige schwarze Kreatur ohne Augen lag das Land im Dunkeln da, gestaltlos, endlos, mit den Wäldern und Grashügeln, die seiner harrten.

Er zögerte, die Geborgenheit des dahinziehenden Wassers zu verlassen. An Land war mit dem Spürhund zu rechnen. Jederzeit konnten die Bäume aufrauschen unter einem mächtigen Gewühl von Hubschraubern.

Aber da war nur der gewöhnliche Herbstwind hoch droben,

der wie ein zweiter Fluß dahinströmte. Warum war der Hund nicht unterwegs? Warum war die Fahndung landeinwärts abgeschwenkt? Montag horchte gespannt. Nichts. Nichts.

Millie, dachte er. All die Landschaft hier. Hör sich einer das an! Nichts und wieder nichts. Eine solche Stille, Millie, würdest du sie wohl ertragen? Würdest du sie nicht zu laut finden? Millie, Millie. Eine Trübsal wandelte ihn an.

Millie war nicht hier und der Hund auch nicht, aber der herbe Geruch von Heu, aus der Ferne herbeigeweht, lockte ihn an Land. Er mußte an einen Bauernhof denken, den er in jungen Jahren einmal besucht hatte, wobei er entdeckte, daß hinter den sieben Schleiern der Unwirklichkeit, jenseits der Fernsehwände und des blechernen Grabens um die Stadt, irgendwo Kühe wiederkäuten und Schweine sich suhlten und Hunde auf einem Hügel weiße Schafe umbellten.

Jetzt versetzte ihn der herbe Heugeruch und das Schaukeln des Wassers in eine einsame Scheune, weit weg von den lauten Landstraßen, und er glaubte auf frischem Heu zu schlafen, hinter einem stillen Bauernhaus und unter einer alten Windmühle, die knarrend die Zeit zermahlte. Die ganze Nacht lag er auf dem Heuboden oben und horchte auf die fernen Geräusche, horchte, was an Tieren und Insekten und Bäumen sich draußen regte.

Im Laufe der Nacht, dachte er, höre ich drunten vielleicht etwas wie ein Schlurfen, das mich auffahren läßt. Wenn die Schritte sich dann wieder entfernen, lege ich mich wieder hin und schaue zum Dachfenster hinaus, zu später Stunde, bis drüben im Bauernhaus die Lichter verlöschen, und eine schöne Frau wird an einem unerleuchteten Fenster sitzen und sich das Haar flechten. Sie wird nur undeutlich zu sehen sein, aber ihr Gesicht wird dem des Mädchens gleichen, das ich einst in vergangenen Zeiten gekannt, lang ist es schon her, das Mädchen, das mit dem Wetter vertraut war und dem die Leuchtkäfer nichts anhaben konnten, das Mädchen, das wußte, was es bedeutet, wenn das Kinn vom Löwenzahn gelb wird. Dann wird die Frau vom Fenster verschwunden sein und in ihrer mondhellen Kammer im obern

Stock wieder auftauchen. Und dann, dachte er, liege ich geborgen auf dem Heuboden, während der Himmel vom Geräusch des Todes, den heulenden Düsenflugzeugen, in zwei schwarze Stücke gerissen wird, und am Horizont diese merkwürdig neuen Sterne vor dem schummrigen Zwielicht zurückweichen.

Schlaf habe ich da nicht nötig, dachte er; all die warmen Gerüche und Gesichte einer ganzen Nacht auf dem Lande werden mir Erholung genug sein, auch wenn ich mit wachen Augen daliege, ein halbes Lächeln um die Lippen.

Und dort am Fuße der Leiter auf den Heuboden wird am Morgen das Unwahrscheinliche sein und auf mich warten. Behutsam werde ich hinabsteigen, im rötlichen Frühlicht, mit so hellwachem Sinn, daß mir fast bang wird, und werde das kleine Wunder bestaunen und mich schließlich bücken und es betasten.

Ein Glas kühle, frische Milch und ein paar Äpfel und Birnen, am Fuß der Leiter bereitgestellt.

Mehr bedurfte er gegenwärtig nicht. Nur ein Zeichen, daß die unermeßliche Welt ihn annahm und ihm die viele Zeit gab, die er brauchte, um all die Betrachtungen anzustellen, die es anzustellen galt.

Ein Glas Milch, ein Apfel, eine Birne.

Er trat aus dem Fluß.

Wie eine Flutwelle stürzte das Land auf ihn zu. Es überwältigte ihn mit seiner Finsternis und den zahllosen Gerüchen, herangetragen vom Wind, der ihn eiskalt anfuhr. Unter der hereinbrechenden Sturzsee von Finsternis, Geräusch und Geruch taumelte er zurück, ein Sausen im Ohr, die Sterne verwischt zu flammenden Meteoren. Am liebsten hätte er sich wieder in den Fluß geworfen, um sich gemächlich und geborgen irgendwohin tragen zu lassen. Das dunkle Land, das vor ihm anschwoll, gemahnte ihn an jenen Tag in frühen Jahren, als er schwimmen gegangen war, und die größte Woge, die er je erlebt, ihn unversehens in salzigen Schlamm und grünes Dunkel schleuderte, ihm Mund und Nase zerfraß und den Magen umstülpte. Zu viel Wasser!

Zu viel Land.

Aus der schwarzen Mauer vor ihm drang ein leises Geräusch. Eine Gestalt, mit zwei Augen darin. Die Nacht, die ihn anschaute. Der Wald, der ihn sah.

Der Hund!

Nach all dem Laufen und Hasten und Ausschwitzen und Wasserschlucken es mühsam soweit gebracht zu haben und sich in Sicherheit zu wähnen, erleichtert aufzuatmen und sich endlich ans Ufer zu wagen, und dann war da...

Der Hund!

Montag stieß einen letzten Schmerzensschrei aus, als wäre es zu viel für einen Menschen.

Die Gestalt war wie weggeblasen, die Augen waren verschwunden. Dürres Laub stob empor.

Montag war allein in der Wildnis.

Ein Reh. Er verspürte den schweren, moschusähnlichen Duft, vermischt mit Blut und dem haftenden Atemhauch des Tieres, einen Geruch aus Kardamom und Moos und Ambrosia in dieser ungemeinen Nacht, wo die Bäume auf ihn zukamen, auswichen, kamen, auswichen, im Gleichtakt mit seinem Herzen, das ihm bis zum Hals hinauf schlug.

Des dürren Laubes auf dem Land war kein Ende; er watete darin wie in einem trockenen Fluß, der nach Gewürznelken und warmem Staub roch. Und die übrigen Gerüche! Vom ganzen Land ging ein Geruch wie von einer angeschnittenen Kartoffel aus, wund und kalt und weiß, da fast die ganze Nacht der Mondschein darauf geruht hatte. Dann war da ein Geruch wie von sauren Gurken und ein Geruch von zerhackter Petersilie, wie zu Haus bei Tisch, und etwas wie das schwache Aroma eines Senftopfes. Etwas wie der Duft der Nelken aus dem Nachbargarten. Er langte mit der Hand hinab und fühlte ein Unkraut emporstreben, wie ein Kind, das ihn streifte. Seine Finger rochen nach Süßholzwurzel.

Er stand da und atmete, und je länger er das Land einatmete, um so mehr war er davon erfüllt bis ins kleinste. Er war nicht leer. Es gab hier mehr als genug, um ihn auszufüllen. Es würde immer mehr als genug da sein.

Stolpernd schlurfte er durch das Laub, das ihm bis zu den Knöcheln stand.

Und mitten in all dem Neuartigen etwas Vertrautes.

Es gab einen dumpfen Ton, als er mit dem Fuß dagegen stieß.

Mit der Hand tastete er den Boden ab, ein Meter nach links, ein Meter nach rechts.

Das Eisenbahngeleise.

Das Geleise, das aus der Stadt kam und durch die Landschaft dahinrostete, durch die jetzt menschenleeren Wälder am Fluß.

Wohin immer er wollte, dies war sein Pfad. Er brauchte vorläufig noch etwas, womit er vertraut war, einen Zauber, der ihn schützte und ihm Halt verlieh auf seinem Weg durch dorniges Gestrüpp und all das, was es zu riechen und zu empfinden und zu betasten gab, inmitten des Gewispers von fallendem Laub.

Auf dem Geleise setzte er seinen Weg fort.

Und war überrascht, wie ihm plötzlich Gewißheit wurde in einer Sache, die sich jedem Beweis entzog.

Einst, vor langer Zeit, war Clarisse hier gegangen, wo er jetzt ging.

Eine halbe Stunde später, er schritt frierend, aber mit einem neuen Körpergefühl vorsichtig auf dem Geleise dahin, die Augen voller Finsternis, die Ohren voller Geräusche, an den Beinen ein Geprickel von Kletten und Nesseln, da sah er das Feuer vor sich.

Das Feuer war weg, dann kam es wieder, wie ein Augenzwinkern war es. Er blieb stehen, aus Angst, er könnte es mit einem einzigen Hauch auslöschen. Doch es war da, und er ging behutsam darauf zu, obwohl noch weit davon entfernt. Es dauerte nahezu eine Viertelstunde, bis er ihm wirklich nahekam, und da stand er still, in Deckung, und betrachtete es. Betrachtete das bißchen Bewegung, weiß und rot, und es war ein seltsames Feuer, weil es ihm etwas anderes bedeutete.

Es brannte nicht, es wärmte!

Er sah eine Anzahl Hände ausgestreckt an die Wärme, Hände ohne die im Dunkel verborgenen Arme. Über den Händen reglose Gesichter, in die nur das Flackern des Widerscheins etwas Bewegung brachte. Er hatte nicht gewußt, daß Feuer so aussehen konnte. Nie in seinem Leben war ihm der Gedanke gekommen, daß es nicht nur nehmen, sondern auch geben könne. Selbst sein Geruch war anders.

Wie lange er schon dastand, hätte er nicht zu sagen vermocht; er war sich nur des törichten und doch köstlichen Gefühls bewußt, wie ein Tier aus den Wäldern vom Feuer angelockt worden zu sein. Er war ein Wesen mit Lunte und Lichtern, ein Wesen aus Pelz und Schnauze und Huf, aus Horn und Blut, das nach Herbst riechen würde, wenn man es am Boden verbluten ließe. Lange stand er da und lauschte dem warmen Knistern der Flammen.

Eine geballte Stille war rund um das Feuer, und die Stille war in den Mienen der Männer, und Zeit war da, Zeit genug, um an diesen verrostenden Geleisen unter den Bäumen zu sitzen und die Welt zu betrachten, von allen Seiten, als würde sie mitten ins Feuer gehalten, ein Stück Stahl, dem diese Männer Gestalt gaben. Es war nicht nur das Feuer, das anders war, es war die Stille. Montag fühlte sich in diese eigenartige Stille hineingezogen, die mit der ganzen Welt zu tun hatte.

Und dann setzten die Stimmen ein, und es wurde geredet, und wenn er auch nicht verstand, was sie sagten, so hörte er doch das ruhige Auf und Ab der Stimmen, die sich die Welt vornahmen und sie betrachteten; sie kannten das Land und die Bäume und die Stadt am Fluß, aus der die Geleise kamen. Die Stimmen sprachen von allem möglichen, es gab nichts, worüber sie nicht sprechen konnten, er erkannte es schon am Tonfall und an der sich ständig darin regenden Wißbegier und Verwunderung.

Und dann schaute einer der Männer auf und sah ihn, zum ersten oder vielleicht auch zum siebenten Mal, und eine Stimme rief Montag zu:

»Du kannst jetzt ruhig herauskommen!«

Montag trat ins Dunkel zurück.

»Komm ruhig«, rief die Stimme, »du bist hier willkommen.«

Langsam ging Montag auf das Feuer und die fünf alten Männer zu, die darum herumsaßen, in dunkelblauem Baumwollzeug. Er wußte nicht, was er zu ihnen sagen sollte.

»Setz dich hin«, sagte der Mann, der das Oberhaupt zu sein schien. »Willst du Kaffee?«

Er sah zu, wie das dunkle, dampfende Gebräu in einen zusammenschiebbaren Blechbecher rann, der ihm ohne Umstände gereicht wurde. Zaghaft nippte er daran, während er neugierige Blicke auf sich gerichtet fühlte. Er verbrühte sich die Lippen, aber das tat gut. Es waren bärtige Gesichter, die ihn da umgaben, doch die Bärte waren sauber und ordentlich, und auch die Hände der Männer waren sauber. Sie waren aufgestanden, wie um einen Gast zu begrüßen, und setzten sich jetzt wieder ans Feuer. Montag schlürfte von dem Kaffee. »Danke«, sagte er, »vielen Dank.«

»Schon gut, Montag. Ich heiße Granger.« Er hielt ihm eine kleine Flasche mit einer farblosen Flüssigkeit hin. »Trink dann noch das hier. Es wird die chemische Zusammensetzung deines Schweißes verändern. In einer halben Stunde riechst du wie zwei andere Leute. Wenn der Hund hinter einem her ist, gibt's nichts Besseres als das.«

Montag trank das bittere Zeug.

»Du wirst stinken wie ein Luchs, aber das macht nichts.« versicherte ihn Granger.

»Ihr kennt meinen Namen«, bemerkte Montag.

Granger deutete mit dem Kopf auf ein tragbares Fernsehgerät neben dem Feuer. »Wir haben die Verfolgung mitangesehen. Dachten uns schon, du würdest schließlich südwärts längs des Flusses landen. Als wir dich im Wald herumpreschen hörten wie einen trunkenen Elch, gingen wir nicht wie sonst uns verstecken. Wir nahmen an, du seist im Wasser, als die Hubschrauber wieder nach der Stadt abschwenkten. Etwas stimmt dort nicht. Die Fahndung geht noch weiter. In der Gegenrichtung allerdings.«

»In der Gegenrichtung?«

»Wollen mal sehen.«

Granger knipste den tragbaren Empfänger an. Das Bild war ein böser Traum, verkleinert, im Wald leicht von Hand zu Hand gehend, ein Wirbel von Farbe und Flügelschlag. Jetzt rief eine Stimme:

» ... Fahndung im Norden der Stadt. Polizeihubschrauber kreisen das Gebiet um die 87. Straße und Elm Grove Park ein!«

Granger nickte. »Die tun bloß so. Du hast sie am Fluß abgeschüttelt, aber sie dürfen es nicht zugeben. Sie wissen genau, daß sie die Zuschauer nicht beliebig lang bei der Stange halten können. Das Schauspiel muß einen knalligen Schluß haben, und zwar rasch. Wenn sie den ganzen Fluß absuchen wollten, dauerte das vielleicht die ganze Nacht. So suchen sie denn einen Sünden bock aufzustöbern, um die Sache mit einem Knalleffekt abzuschließen. Paß auf, in den nächsten fünf Minuten kriegen sie Montag!«

»Wieso –«

»Paß nur auf.«

Von einem schwebenden Hubschrauber aus kippte jetzt die Kamera auf eine menschenleere Straße hinunter.

»Siehst du?« sagte Granger leise. »Das wirst du sein. Ganz am andern Ende der Straße wird das Wild gestellt. Siehst du, wie die Kamera einschwenkt? Spannender Aufbau der Schlußszene. Totale. Irgendein armer Teufel macht gegenwärtig einen Spaziergang. Ein Einzelgänger, ein Sonderling. Glaube nur ja nicht, der Polizei seien die Lebensgewohnheiten solcher Käuze unbekannt, die in der Frühe ausgehen, weil es ihnen Spaß macht, oder weil sie nicht schlafen können. Wie dem auch sei, der Betreffende steht seit Jahr und Tag unter polizeilicher Beobachtung. Man kann ja nie wissen, wann solche Kenntnisse einmal brauchbar sind.

Heute zum Beispiel kommen sie äußerst gelegen. Um das Gesicht zu wahren. Ach Gott, sieh doch!«

Die Männer am Feuer reckten den Hals.

Auf dem Bildschirm sah man jemand um die Ecke biegen. Sogleich kam auch der Mechanische Hund ins Bild, während aus den Hubschraubern die Scheinwerfer ein ganzes Bündel Lichtsäulen nach unten warfen, so daß sie rings um den Mann einen Käfig bildeten.

Eine Stimme rief: »Dort ist Montag! Die Suche ist zu Ende!«

Verdutzt blieb der Ahnungslose stehen, eine Zigarette in der Hand. Er starrte auf den Hund, ohne zu wissen, was das war. Wahrscheinlich erfuhr er es überhaupt nie. Das Geheul der Sirenen ließ ihn zum Himmel aufblicken. Die Kameras stürzten hernieder. Der Hund sprang hoch in die Luft, mit einem Rhythmus und einer Genauigkeit, die etwas unbeschreiblich Schönes hatten. Seine Nadel schoß heraus. Eine Weile wurde er in der Bildmitte festgehalten, damit die Zuschauer Muße hatten, sich alles deutlich zu vergegenwärtigen, den wunden Blick des Opfers, die leere Straße, das Stahltier, das wie ein Geschoß seinem Ziel zustrebte.

»Montag, stillgestanden!« rief eine Stimme vom Himmel.

Die Kamera fiel über ihr Opfer her, gleichzeitig mit dem Hund. Von beiden wurde es in die Zange genommen.

Der Mann schrie. Er schrie und schrie.

Abblenden.

Funkstille.

Dunkelheit.

Montag entfuhr ein Aufschrei, und er wandte sich ab.

Stille.

Und dann, nachdem die Männer eine Zeitlang mit unbewegter Miene um das Feuer gesessen hatten, erklärte ein Ansager aus der dunkeln Bildfläche heraus: »Die Fahndung ist zu Ende, Montag ist tot. Ein Staatsverbrechen ist gesühnt worden.«

Dunkelheit.

»Wir schalten jetzt um auf das Hotel Lux, zum Frühprogramm. Sie hören –«

Granger stellte ab.

»Ist dir auch aufgefallen, das Gesicht des Mannes war nie scharf eingestellt zu sehen. Selbst deine besten Freunde konnten nicht mit Sicherheit sagen, ob du es warst. Man ließ es gerade unscharf genug, um die Phantasie anzuregen. Höllisch«, sagte er leise. »Höllisch.«

Montag erwiderte nichts, er sah bloß wieder her und saß nun da, den Blick starr auf den leeren Bildschirm geheftet.

Granger faßte ihn an. »Willkommen aus dem Totenreich.« Montag nickte, und Granger fuhr fort: »Ich glaube, ich mache dich jetzt am besten mit allen bekannt. Dies hier ist Fred Clement, früher Inhaber eines Lehrstuhls für Literaturgeschichte an der Harvard-Universität, bevor ein Technikum für Atomenergie daraus wurde. Dies ist Dr. Simmons von der Universität von Kalifornien in Los Angeles, ein Ortega-y-Gasset-Forscher; Professor West hier hat allerhand geleistet auf dem Gebiet der Ethik, einem jetzt ausgestorbenen Fach, seinerzeit an der Columbia-Universität. Pfarrer Padover hier hat vor dreißig Jahren ein paar Vorträge gehalten, bis ihm von einem Sonntag auf den andern seine Gemeinde abhanden kam, seiner Ansichten wegen. So stromert er jetzt schon seit längerem mit uns umher. Was mich betrifft, ich habe ein Buch geschrieben über ›Die Finger im Handschuh; das richtige Verhältnis zwischen Einzelmensch und Gesellschaft‹, und hier bin ich! Willkommen, Montag!«

»Ich gehöre nicht zu euch«, sagte Montag schließlich gedehnt. »Ich war ein Trottel, noch und noch.«

»Das sind wir gewohnt. Wir haben alle Fehler gemacht, wie es sich gehört, sonst wären wir nicht hier. Als jeder noch für sich war, hatten wir nichts als unsere Wut. Ich wurde seinerzeit tätlich gegen einen Feuerwehrmann, als er kam, meine Bibliothek zu verbrennen. Seither bin ich auf der Flucht. Willst du bei uns mitmachen, Montag?«

»Ja.«

»Was hast du zu bieten?«

»Nichts. Ich glaubte, ich hätte einen Teil des Predigers Salomo und vielleicht ein Stück der Offenbarung, aber auch das habe ich nicht mehr.«

»Der Prediger wäre gut. Wo war das Buch?«

»Hier.« Montag deutete auf seine Stirn.

»Aha.« Granger nickte lächelnd.

»Wieso? Ist das nicht recht?« fragte Montag.

»Mehr als recht; ausgezeichnet!« Granger wandte sich an den Geistlichen. »Haben wir einen Prediger Salomo?«

»Ein Exemplar. Ein Mann namens Harris aus Youngstown.«

»Montag.« Granger faßte ihn fest an der Schulter. »Trag dir Sorge. Sieh zu, daß du gesund bleibst. Falls Harris etwas zustoßen sollte, bist du der Prediger. Siehst du, wie wichtig du im letzten Augenblick geworden bist.«

»Aber ich hab doch alles vergessen.«

»Nein, nichts geht je verloren. Es gibt Mittel und Wege, es wieder heraufzubaggern.«

»Aber ich habe mich doch bemüht, es mir wieder ins Gedächtnis zu rufen.«

»Gib dir keine Mühe. Wenn wir es brauchen, kommt es von selber. Wir haben alle ein fotografisches Gedächtnis, nur daß wir uns ein Leben lang alles, was darin ist, mit Teufels Gewalt verklemmen. Simmons hier hat sich zwanzig Jahre lang damit beschäftigt, und jetzt haben wir das Verfahren soweit entwickelt, daß wir alles, was einmal gelesen wurde, wieder ins Gedächtnis zurückrufen können. Möchtest du bei Gelegenheit einmal Platos *Staat* lesen, Montag?«

»Gewiß.«

»Ich bin Platos *Staat*. Möchtest du Mark Aurel lesen? Simmons ist Mark Aurel.«

Simmons machte eine Verbeugung.

»Sehr erfreut«, sagte Montag, und Granger fuhr fort:

»Darf ich vorstellen: Jonathan Swift, der Verfasser dieses garstigen politischen Traktats, *Gullivers Reisen*. Und hier ist

Charles Darwin, und hier Schopenhauer, und hier haben wir Einstein, und hier an meiner Seite ist Dr. Albert Schweitzer, der menschenfreundlichste Philosoph, der je gelebt hat. Da wären wir also, Montag. Aristophanes und Mahatma Gandhi und Gautama Buddha und Konfuzius und Thomas Love Peacock und Thomas Jefferson und Abraham Lincoln, falls gefällig. Nebenbei sind wir auch Matthäus, Markus, Lukas und Johannes.«

Alle lachten sie vor sich hin.

»Das kann doch nicht sein«, staunte Montag.

»Es *ist* aber«, versetzte Granger mit einem Lächeln. »Auch wir sind Bücherverbrenner. Wir haben die Bücher gelesen und sie dann verbrannt, aus Angst, sie könnten gefunden werden. Sie auf Mikrofilm aufzunehmen, hat sich als untunlich erwiesen. Wir waren immer unterwegs und wollten den Film nicht vergraben und später wieder herkommen. Man hätte uns dabei ertappen können. So bewahren wir die Dinge eben im Kopf auf, wo sie niemand sieht oder vermutet. Wir bestehen aus lauter Bruchstücken von Geschichte und Literatur und Völkerrecht, Byron, Tom Paine, Machiavelli oder Christus, alles vorhanden. Und höchste Zeit dazu. Der Krieg ist ausgebrochen. Wir sind hier draußen, und dort ist die Stadt, hübsch eingewickelt in ihren kunterbunten Mantel. Woran denkst du, Montag?«

»Ich dachte gerade, wie kurzsichtig es war von mir, auf eigene Faust vorzugehen, Bücher in fremde Häuser einzuschmuggeln und dann Anzeige zu erstatten.«

»Du hast getan, was du mußtest. In großem Maßstab durchgeführt, hätte es vielleicht Wunder gewirkt. Aber unser Vorgehen ist einfacher und, wie wir glauben, besser. Wir haben es bloß darauf angelegt, uns die Kenntnisse, die wir einmal benötigen werden, zu sichern und zu erhalten. Vorläufig gehen wir noch nicht darauf aus, irgend jemand aufzuwiegeln oder Ärgernis zu erregen. Wenn wir vernichtet werden, stirbt das Wissen mit uns aus, vielleicht ein für allemal. Auf unsere Art sind wir vorbildliche Staatsbürger: wir ziehen die alten Geleise entlang, nächtigen in den Bergen, und die Städter lassen wir in Frieden. Gelegentlich werden wir angehalten und durchsucht, aber wir tragen nichts auf uns, was uns gefährlich werden könnte. Die Organisation ist sehr locker und anpassungsfähig. Einige von uns haben sich Gesicht und Fingerabdruck operativ verändern lassen. Gegenwärtig haben wir eine fürchterliche Aufgabe; wir warten, bis der Krieg hereinbricht und ebenso rasch wieder aus ist. Das ist nicht erquicklich, aber was willst du, wir sind nur eine überzählige Minderheit, die Rufer in der Wüste. Wenn der Krieg vorbei ist, können wir der Welt vielleicht von Nutzen sein.«

»Glaubt ihr wirklich, daß man dann auf euch hört?«

»Andernfalls warten wir eben noch. Wir geben die Bücher, mündlich, an unsere Kinder weiter, und dann mögen die Kinder ihrerseits sich der Welt nützlich machen. Natürlich geht auf diese Art viel verloren. Aber man kann die Leute nicht zum Zuhören zwingen. Sie müssen sich mit der Zeit von selber einfinden, wenn sie anfangen, sich darüber Gedanken zu machen, warum ihre Welt in die Luft geflogen ist. Einmal muß es ja dazu kommen.«

»Wieviele euresgleichen gibt es denn?«

»Tausende auf den Straßen und Bahngeleisen, nach außen hin Landstreicher, inwendig eine Bibliothek. Es war zuerst nicht geplant. Jeder hatte ein Buch, das er nicht vergessen wollte, und so lernte er es eben auswendig. Dann, im Laufe von zwanzig Jahren oder so, wurden wir unterwegs miteinander bekannt und schlossen uns zu einem lockeren Bund zusammen und stellten einen Plan auf. Das wichtigste indessen, das wir uns einhämmern mußten, war das Bewußtsein unserer Unwichtigkeit; es durfte keine Gelehrteneitelkeit aufkommen, wir durften uns nicht über andere erhaben fühlen. Schließlich sind wir nichts als Schutzumschläge für Bücher, im übrigen aber belanglos. Einige von uns wohnen in Kleinstädten. Thoreaus *Walden*, Erstes Kapitel in Green River, Zweites Kapitel in Willow Farm, Maine. Da gibt es doch in Maryland eine Ortschaft, siebenundzwanzig Seelen insgesamt, keine Bombe wird sie je heimsuchen, da sind die gesammelten Aufsätze eines gewissen Bertrand Russell zu Hause, man kann den Ort gewissermaßen wie ein Buch zur Hand nehmen und umblättern, auf jeden Bewohner so und soviel Seiten. Und eines schönen Tages, wenn der Krieg überstanden ist, dann können die Bücher wieder geschrieben werden. Die Leute werden einberufen werden, einer nach dem andern, um herzusagen, was sie sich einverleibt haben, und dann geht es wieder in Druck, bis zur nächsten Kulturdämmerung, wo wir vielleicht mit der ganzen vertrackten Sache nochmals von vorne anfangen müssen. Das ist ja gerade das Wunderbare am Menschen, er läßt sich nie in dem Maße entmutigen und verbiestern, daß er jemals aufhörte, wieder von vorne anzufangen, weil er genau weiß, es lohnt sich.«

»Was tun wir heute?« wollte Montag wissen.

»Warten«, erwiderte Granger. »Und etwas weiter flußabwärts ziehen, für alle Fälle.«

Er begann, Erde auf das Feuer zu schütten.

Die andern halfen mit, und Montag half mit, und da wurde nun in der Wildnis gemeinsam Hand angelegt, das Feuer zu löschen.

Sie standen am Fluß in sternklarer Nacht.

Montags Blick fiel auf das Leuchtzifferblatt seiner wasserdichten Uhr. Fünf. Fünf Uhr früh. Schon wieder ein Jahr vorübergetickt in einer einzigen Stunde, und drüben hinter dem Flußufer wartete die Morgenröte.

»Wieso traut ihr mir eigentlich?« fragte Montag.

Im Dunkeln regte sich einer.

»Dein Aussehen genügt. Du hast dich schon lange nicht mehr im Spiegel betrachtet. Außerdem hat der Stadt nie so viel an uns gelegen, daß man unsertwegen eine solche Hetzjagd in Szene gesetzt hätte wie in deinem Fall. Ein paar komische Käuze mit Versen im Kopf können niemand was anhaben, das wissen die in der Stadt genau, und wir wissen es auch; jedermann weiß es. Solange nicht die ganze Bevölkerung auf die Walz geht, Freiheitsbrief und Verfassung im Munde führend, solange ist alles in Ordnung. Um ab und zu einmal einzugreifen, dazu hatte man ja die Feuerwehr. Nein, die Stadt ficht uns nicht an. Und du siehst aus wie der verkörperte Zorn Gottes.«

Sie zogen das Flußufer entlang nach Süden. Montag suchte die Gesichter der andern zu erforschen, die alten Gesichter, die er vom Feuerschein her in Erinnerung hatte, zerfurcht und müde. Was er in ihren Zügen suchte, war eine Aufgewecktheit, eine Entschlossenheit und Siegeszuversicht, von der kaum etwas zu bemerken war. Vielleicht hatte er erwartet, einen schimmernden Abglanz der Erkenntnisse zu sehen, die sie mit sich her umtrugen, Gesichter, von innen her erleuchtet wie Laternen. Aber alles Licht war vom Lagerfeuer gekommen, und die Männer sahen nicht anders aus als alle, die einen langen Weg hinter sich haben, eine lange Sucharbeit, und Zeuge waren, wie Gutes unterging, und nun in vorgerückter Stunde sich zusammenfinden, um das Ende des Festes abzuwarten und das Löschen der Lichter. Sie waren durchaus nicht sicher, daß das, was sie im Kopf mitführten, jede künftige Morgenröte in reinerem Licht erstrahlen lassen werde; nichts war sicher, als daß die Bücher hinter ihrer Stirn aufgehoben waren, daß die Bücher dort warteten, unaufgeschnitten, auf Käufer, die später einmal vorbeikommen mochten, die einen mit sauberen, andere mit schmutzigen Fingern.

Montag sah sich im Gehen ein Gesicht nach dem andern von der Seite her an.

»Beurteile ein Buch nicht nach dem Umschlag«, sagte jemand.

Und alle lachten vor sich hin, während sie weiter flußabwärts zogen.

Ein Gellen in der Luft, und die Düsenflugzeuge aus der Stadt waren längst vorüber, ehe die Männer aufblickten. Montag sah zur Stadt zurück, weit oben am Fluß jetzt nur noch ein schwaches Glimmen.

»Mein Frau ist noch dort.«

»Das tut mir aber leid«, versicherte Granger. »Den Städten wird es in den nächsten Tagen nicht gut gehen.«

»Es ist merkwürdig, ich vermisse sie nicht, es ist überhaupt merkwürdig, wie wenig Gefühl mir geblieben ist«, bemerkte Montag. »Selbst wenn sie umkommt, fiel mir eben ein, werde ich ihr wohl nicht nachtrauern. Es ist nicht recht. Mit mir stimmt etwas nicht.«

»Hör mal zu«, sagte Granger, hakte sich bei ihm ein und ging neben ihm her, wobei er jeweils die Stauden zur Seite hielt, um ihn durchgehen zu lassen. »Als ich noch ein kleiner Junge war, starb mein Großvater, ein Bildhauer. Er war ein großer Menschenfreund gewesen, der viel Liebe an die Welt abzugeben hatte. Er hatte geholfen, mit den Elendsvierteln unserer Stadt aufzuräumen, er hatte Spielzeug für uns verfertigt und überhaupt im Laufe seines Lebens unendlich viel getan; immer mußten seine Hände etwas tun. Und als er starb, kam mir plötzlich zum Bewußtsein, daß ich nicht seinetwegen weinte, sondern all der Dinge wegen, die er getan. Ich weinte, weil er sie nun nie mehr tat, nie mehr ein Stück Holz zurechtschnitzte oder uns bei der Aufzucht von Tauben half oder Geige spielte, so wie er es getan, oder uns Witze erzählte, so wie er es getan. Er war ein Stück von uns, und als er starb, war all sein Tun wie abgeschnitten, und keiner war da, der für ihn hätte einspringen können. Er war unersetzlich, ein Mensch, der etwas bedeutet hatte. Ich habe es nie ganz verwunden. Noch jetzt denke ich oft, was für wunderbare Schnitzereien sind nie zustande gekommen, weil er starb. Wie viele Witzworte fehlen auf der Welt und wie viele Brieftauben, die nicht durch seine Hände gingen. Er gab der Welt Gestalt. Er hat auf sie eingewirkt. Die Welt ging unendlicher Wohltaten verlustig in jener Nacht, als er starb.«

Montag ging schweigend einher. »Millie, Millie«, sagte er dann vor sich hin. »Millie.«

»Wie?«

»Meine Frau, meine Frau. Die arme Millie. Ich weiß gar nichts mehr von ihr. Ich denke an ihre Hände, aber ich sehe sie nicht, wie sie etwas tun. Sie hängen einfach herab, oder dann liegen sie in ihrem Schoß oder halten eine Zigarette, aber das ist alles.«

Montag drehte sich um und schaute zurück.

»Was hast du der Stadt gegeben, Montag?«

»Asche.«

»Was haben die andern einander gegeben?«

»Nichts.«

Selbander blieben sie stehen und schauten zurück. »Ein Mensch muß bei seinem Tod etwas dalassen, sagte mein Großvater. Ein Kind oder ein Buch oder ein Bild, ein Haus oder wenigstens eine Mauer, die er gebaut, oder ein Paar Schuhe, das er geschustert. Oder einen Garten, den er angelegt hat. Irgend etwas, das deine Hand anrührte, so daß deine Seele eine Bleibe hat, wenn du stirbst, und wenn die Leute den Baum oder die Blume, die du gepflanzt hast, anschauen, dann bist du da. Ganz gleich, was man tut, meinte er, solange man etwas von seinem eigenen Wesen in irgend etwas hineinsteckt. Darin liegt der Unterschied zwischen einem, der bloß den Rasen mäht, und einem wirklichen Gärtner. Der Rasenmäher könnte ebenso gut gar nicht dagewesen sein; der Gärtner wird ein Leben lang da sein.«

Granger ließ ihn los. »Mein Großvater führte mir einst vor fünfzig Jahren ein paar V-2-Raketenfilme vor. Hast du je einen Atombombenpilz gesehen, aus einer Höhe von dreihundert Kilometern? Er ist nur ein Fliegenpunkt, ein Nichts. Mit der Wildnis ringsum.

Mein Großvater führte den V-2-Raketenfilm ein Dutzend Mal vor, in der Hoffnung, unsere Städte würden sich eines Tages entfalten und das grüne Land und die Wildnis mehr hereinlassen, um dem Menschen anschaulich zu machen, daß uns auf Erden nur wenig Raum zugeteilt ist, daß wir unser Leben inmitten dieser Wildnis fristen, die wieder einfordern kann, was sie uns abgetreten hat, die uns nur anzuhauchen oder das Meer zu schicken braucht, um uns zu bedeuten, wie klein wir sind. Wenn wir vergessen, wie nahe die Wildnis ist in der Nacht, sagte mein Großvater, dann wird sie eines Tages kommen und uns holen, weil wir keine Ahnung mehr haben, wie fürchterlich und wirklich sie sein kann. Siehst du?« Granger wandte sich ihm zu.

»Großvater ist seit Jahren tot, aber wenn man meine Schädeldek-
ke abhöbe, bei Gott, in den Windungen meines Gehirns fände
man deutlich die Rillen seines Daumenabdrucks. Er hat mich
angerührt. Bildhauer war er, wie bereits bemerkt. ›Was ich
hasse‹, pflegte er zu sagen, ›ist ein Römer namens Status Quo.
Staunt euch die Augen aus dem Kopf‹, sagte er jeweils, ›lebt, als
hättet ihr nur noch zehn Sekunden zu leben. Seht euch die Welt
an. Sie ist phantastischer als irgend ein fabrikmäßig hergestellter
Traum. Verlangt keine Sicherheit, das hat es in unserer Tierwelt
überhaupt nie gegeben. Und wenn es sie gäbe, gliche sie dem
Faultier, das tagaus, tagein mit dem Kopf nach unten im Geäst
hängt und sein Leben verschläft. Zum Teufel damit‹, sagte er,
›schüttelt am Baum, daß das Faultier herunterpurzelt auf seinen
breiten Hintern.‹«

»Schau!« rief Montag.

Und in diesem Augenblick ging der Krieg an und zu Ende.

Später hätten die andern nicht sagen können, ob sie wirklich
etwas gesehen hatten. Höchstens einen rasch aufzuckenden
Schein am Himmel. Vielleicht waren dort die Bomben und die
Düsenflugzeuge, fünfzehn Kilometer, zehn Kilometer, ein Kilometer hoch, den Bruchteil einer Sekunde, wie Körner, von einer
gewaltigen Hand über den Himmel hingesät, und die Bomben
fuhren mit furchtbarer Schnelle, und doch plötzlich verlangsamt,
auf die dämmrige Stadt hinunter, die sie hinter sich gelassen.
Eigentlich war die Verbombung schon geschehen, sobald die
Flugzeuge ihr Ziel gesichtet und die Bomben ausgelöst hatten,
bei einer Geschwindigkeit von siebentausend Stundenkilometern; rasch, wie der Schwung einer Sense, war der Krieg aus. War
einmal aufs Knöpfchen gedrückt und die Bombenlast abgewor-
fen, so war auch schon alles vorbei. Volle drei Sekunden, eine
Ewigkeit, ehe die Bomben einschlugen, waren die gegnerischen
Flugzeuge einmal selber bereits wieder halb um die sichtbare
Welt herum, wie Geschosse, an die ein Wilder wohl nicht
glauben würde, da sie unsichtbar sind; und doch wird auf einmal
das Herz zerschmettert, der Körper fällt auseinander, das Blut ist

erstaunt, ins Freie zu gelangen; das Gehirn verschleudert seine paar kostbaren Erinnerungen und stirbt verständnislos.

Dies war nicht zu glauben. Es war lediglich eine Handbewegung. Montag sah eine mächtige Metallfaust über der fernen Stadt fuchteln und ahnte das Gellen der Düsenbomber, das hinterher kam, wie um zu sagen: Zerfall, laß keinen Stein auf dem andern, stirb und verdirb!

In Gedanken, ohnmächtig die Hände emporreckend, hielt Montag die Bomben einen einzigen Augenblick am Himmel droben an. »Lauf!« schrie er Faber zu. Und zu Clarisse: »Lauf!« Zu Mildred: »Rette dich!« Clarisse allerdings, fiel ihm ein, war schon tot. Und Faber war ja aus der Stadt heraus; irgendwo in der weiten Landschaft war der Fünf-Uhr-Bus unterwegs von einer Trümmerstätte zur andern. Wenn auch die Vernichtung noch nicht stattgefunden hatte, noch in der Luft schwebte, war sie doch nach menschlichem Ermessen unabwendbar. Ehe noch der Bus auf der Landstraße fünfzig Meter weiter war, hatte sein Bestimmungsort keinen Sinn mehr, und sein Abgangsort war aus einer Weltstadt zu einem Schutthaufen geworden.

Und Mildred . . .

Rette dich, lauf!

Er sah sie vor sich, in ihrem Hotelzimmer irgendwo, in der halben Sekunde, die noch verblieb, die Bomben ein Meter, ein halbes Meter, ein paar Zentimeter von dem Gebäude entfernt. Gegen die großen schimmernden Wände, so bunt und belebt, sah er sie geneigt, die Wände, auf denen die Familie zu ihr redete und redete und redete, die Wände, auf denen die Verwandtschaft plauderte und plapperte und ihren Namen nannte und ihr zulächelte und nichts sagte von der Bombe, die ein paar Zentimeter, jetzt noch ein Zentimeter, jetzt ein halbes Zentimeter vom Dach des Hotels entfernt war. In die Wand versenkt sah er sie, als könnte ihr Schaubedürfnis dort den Grund ihrer Ruhlosigkeit finden. Gierig und gespannt in die Wand versenkt, als wollte Mildred sich in dieses wimmelnde Meer von Farben stürzen und in seinem grellen Glück untergehen.

Die erste Bombe schlug ein.

»Mildred!«

Vielleicht, wer konnte das je wissen, vielleicht waren es die großen Rundfunksender mit all ihrer ausgestrahlten Buntheit und Beredsamkeit, die als erste verstummten.

Während es ihn hinwarf, sah oder fühlte Montag, oder glaubte wenigstens zu sehen oder zu fühlen, wie die Wände sich vor Millies Nase verdunkelten, er hörte ihren Aufschrei, als sie in dem unendlich kleinen Bruchteil an Zeit, ehe alles zu Ende war, ihr eigenes Gesicht widergespiegelt sah, und es war ein so verzweifelt leeres Gesicht, als einziges im ganzen Zimmer, ohne Zusammenhang mit irgend etwas, ausgehungert und von sich selber zehrend, daß sie es zuletzt als das ihre erkannte und rasch aufschaute zur Decke, als diese mit dem ganzen Bauwerk darüber auf sie herabgestürzt kam und sie in einer Masse von Stein, Stahl, Gips und Holz mit den Leuten in den Schlägen untendran zusammenbrachte, alle eiligst unterwegs in den Keller hinunter, wo die Sprengwirkung sich ihrer bedenkenlos entledigte.

Ich weiß es wieder. Montag lag flach auf dem Boden.

Ich weiß es wieder. Chicago. Chicago, vor langen Jahren. Millie und ich. *Da* haben wir uns kennengelernt! Jetzt weiß ich es wieder. Chicago. Vor langen Jahren.

Der Luftdruck fegte über den Fluß und diesen entlang und legte die Männer um wie eine Reihe Dominosteine, schleuderte den Gischt empor und wirbelte den Staub auf und hinterließ in den Baumkronen ein Stöhnen, als der Wind nach Süden abstrich. Montag krallte sich am Boden an, preßte sich zusammen, die Augen fest geschlossen. Ein einziges Mal zwinkerte er. Und in diesem Augenzwinkern sah er die Stadt, statt der Bomben, in der Luft. Sie hatten den Platz gewechselt. Einen unwahrscheinlichen Augenblick lang stand die Stadt, neu erbaut und unkenntlich, höher als sie je hatte sein wollen, höher als der Mensch sie gebaut hatte, letzten Endes aus Klumpen von zertrümmertem Beton und Funken von zerrissenem Stahl aufgeschichtet zu einem

Fresko, das wie eine umgekehrte Lawine herabhing, kunterbunt und kraus durcheinander, mit einer Türe, wo ein Fenster hätte sein sollen, einem Dach an Stelle des Bodens, einer Vorderseite, wo die Rückseite hingehörte, und dann sackte die Stadt zur Seite und fiel tot zusammen. Das Todesröcheln kam erst später.

Montag lag da, die tränenden Augen verklebt, den Zement des Staubes im Mund, der jetzt zu war, und dachte atemlos: Ich weiß es wieder, ich weiß es wieder, und noch etwas anderes weiß ich auch wieder. Was war es nur? Doch, doch, ein Teil des Predigers Salomo und der Offenbarung. Ein Teil jenes Buches, ein Teil davon, rasch jetzt, rasch, ehe es vergeht, ehe der Schrecken verfliegt, ehe der Wind einschläft. Der Prediger Salomo. Also doch. Er sagte sich die Worte innerlich vor, dicht an die bebende Erde geschmiegt, er wiederholte den Text viele Male, und der Wortlaut war da, ohne daß er sich mühte, und nirgends kam etwas von Zanders Zahnpasta darin vor, es war nur der Prediger ganz allein, der da innerlich vor ihm stand und ihn anschaute . . .

»Na also«, sagte eine Stimme.

Japsend wie Fische auf dem Trockenen lagen die Männer da. Sie klammerten sich an die Erde, wie Kinder sich an wohlvertraute Dinge klammern, einerlei, wie kalt oder tot, einerlei, was geschehen ist und noch geschehen wird, in den Dreck verkrallt, und alle schrien sie laut, um das Trommelfell vor dem Zerbersten zu bewahren, mit offenem Mund. Montag schrie mit, aufbegehrend gegen den Wind, der ihnen an den Lippen zerrte und Nasenbluten verursachte.

Dann sah Montag zu, wie der Staub sich setzte und eine große Stille sich auf ihre Welt herabsenkte. Er lag da und ihm war, als sehe er jedes einzelne Staubkorn und jeden Grashalm und höre jeden Laut, jedes Raunen jetzt auf der Welt. Stille senkte sich herab mit dem Staubgeriesel und all der Muße, die sie wohl brauchten, um sich umzusehen und die Wirklichkeit dieses Tages in ihre Sinne aufzunehmen.

Montag sah nach dem Fluß. Wir werden auf dem Fluß fahren. Er sah nach den alten Bahngeleisen. Oder wir gehen dort entlang.

Oder vielleicht gehen wir jetzt auf den Landstraßen, und wir werden Zeit haben, uns die Dinge einzuverleiben. Und eines Tages, wenn sich inwendig alles gründlich gesetzt hat, geht es vielleicht aus den Händen oder aus dem Mund wieder hervor. Und eine Menge wird falsch sein, aber gerade genug davon wird richtig herauskommen. Heute ziehen wir einfach weiter, um zu sehen, wie die Welt aussieht, wie sie geht und steht. Alles will ich jetzt sehen. Wenn es in mich hineingeht, gehört zwar noch nichts davon zu mir selbst, aber nach einiger Zeit schließt sich inwendig alles zusammen, und dann gehört es zu mir selbst. Schau dir die Welt dort draußen an, du mein Gott, schau sie dir an dort draußen, vor deiner Nase, und die einzige Möglichkeit, überhaupt an sie heranzukommen, ist, sie dorthin zu tun, wo sie schließlich zu mir gehört, zu meinem eigenen Fleisch und Blut. Ich will sie mir aneignen, daß sie mir nie wieder entrinnt. Ich will sie mir einverleiben, mit einem Finger rühre ich bereits daran, das ist ein Anfang.

Der Wind legte sich.

Die andern blieben noch liegen, am morgendlichen Rand des Schlafes, nicht gewillt, sich schon zu erheben und den Alltagspflichten nachzugehen, dem Feuermachen und Nahrungsuchen, der tausendfachen Nötigung, einen Fuß vor den andern zu setzen und eine Hand über die andere. Sie lagen da und zwinkerten mit betäubten Lidern. Man konnte sie atmen hören, erst rasch, dann langsamer, dann langsam...

Montag richtete sich auf.

Weiter rührte er sich jedoch nicht. Die andern taten desgleichen. Am schwarzen Horizont schob sich ein dünner roter Streif hervor. Die Luft war kalt, etwas darin verhieß Regen.

Schweigend stand Granger auf, befühlte Arme und Beine, wobei er vor sich hinfluchte, ständig leise vor sich hinfluchte. Tränen tropften ihm vom Gesicht. Er schlurfte ans Ufer hin, um flußabwärts zu schauen.

»Alles flach«, sagte er nach langer Zeit. »Die Stadt sieht aus wie ein Haufen Backpulver. Alles weg.« Und wiederum nach langer

Zeit: »Wie viele haben es wohl kommen sehen? Wie viele wurden wohl überrascht?«

Und in der ganzen weiten Welt, dachte Montag, wieviel andere Städte waren wohl tot? Und hier in unserem Land, wie viele? Hundert, tausend?

Jemand riß ein Streichholz an und hielt es an ein Stück trockenes Papier aus seiner Tasche und schob es unter etwas Gras und Laub, und nach einer Weile tat er dünne Zweige dazu, die feucht waren und sprühten, aber schließlich doch Feuer fingen, und das Feuer wurde größer in der Morgenfrühe, als die Sonne heraufkam und die Männer sich allmählich vom Anblick flußaufwärts trennten, vom Feuer angezogen, sprachlos und befangen, und die Sonne rötete ihnen das Genick, wie sie sich darüber bückten.

Granger wickelte etwas Speck aus einer Ölhaut. »Wir wollen etwas essen. Dann machen wir kehrt und gehen flußaufwärts. Man wird uns dort brauchen.«

Jemand kramte eine kleine Bratpfanne hervor, der Speck kam hinein, und die Pfanne wurde über das Feuer gestellt. Bald begann der Speck zu brutzeln und zu hüpfen und erfüllte die Luft mit seinem Aroma. Schweigend sahen die Männer der feierlichen Handlung zu.

Granger blickte ins Feuer. »Phönix.«

»Wie?«

»So ein alberner Vogel, ein sogenannter Phönix, den es früher mal gab: alle paar Jahrhunderte baute er sich einen Scheiterhaufen und verbrannte sich selber. Muß ein naher Verwandter des Menschen gewesen sein. Aber jedesmal, wenn er sich verbrannte, entsprang er neugeboren wieder der Asche. Es hat den Anschein, als machten wir es ebenso, immer wieder, nur in einem sind wir dem Phönix voraus. Wir wissen, was wir da eben für einen Stumpfsinn angestellt haben. Wir wissen alles, was wir seit tausend Jahren an Stumpfsinn angestellt haben, und solange wir das wissen und es uns immer wieder zu Gemüte führen, besteht Hoffnung, daß wir eines Tages doch einmal aufhören, diese

174

verdammten Scheiterhaufen zu errichten und mitten hinein zu springen. Im Laufe der Zeit sind es immer wieder ein paar Leute mehr, die sich erinnern.«

Er nahm die Bratpfanne vom Feuer und ließ den Speck verkühlen, und dann aßen sie, langsam, bedächtig.

»Gehen wir also flußaufwärts«, sagte Granger. »Und haltet eines fest: Ihr seid nicht wichtig. Ihr seid überhaupt nichts. Vielleicht wird das, was wir mit uns herumschleppen, eines Tages jemand etwas nützen. Aber auch damals, als wir die Bücher noch zur Hand hatten, machten wir keinen Gebrauch von dem, was wir darin fanden. Wir fuhren fort, die Toten zu beleidigen. Wir fuhren fort, all den Bedauernswerten, die vor uns gestorben waren, ins Grab zu spucken. Im Verlauf der kommenden Woche werden wir eine Menge einsamer Menschen treffen, und den ganzen nächsten Monat und das ganze nächste Jahr. Und wenn man uns fragt, was wir eigentlich tun, könnt ihr sagen: ›Wir erinnern uns.‹ Damit werden wir uns auf die Dauer durchsetzen. Und eines Tages erinnert sich der Mensch an so viel, daß er den größten Bagger aller Zeiten herstellt und das größte Grab aller Zeiten aushebt und den Krieg hineinbefördert und das Ganze zuschüttet. Auf jetzt, zuerst gehen wir und bauen eine Spiegelfabrik und stellen ein Jahr lang nichts als Spiegel her, um uns ausgiebig darin zu betrachten.«

Sie beendeten ihr Mahl und traten das Feuer aus. Ringsum wurde es heller, als habe man in einer rosaroten Ampel den Docht verlängert. Auf den Bäumen fanden sich die Vögel wieder ein, die vorher weggeflogen waren.

Montag setzte sich in Bewegung, und nach einer Weile bemerkte er, daß die andern hinterher kamen. Er war überrascht und trat beiseite, um Granger vorangehen zu lassen, aber dieser sah ihn an und bedeutete ihm mit einem Kopfnicken, er möge weitergehen. Montag ging voran. Er betrachtete den Fluß und den Himmel und das rostige Geleise, das aufs Land hinausführt, wo die Bauernhöfe standen und die Scheunen voll Heu, das Geleise, auf dem schon eine Menge Leute gegangen waren auf ihrem Weg aus der Stadt heraus. Später, in einem Monat oder in sechs Monaten, auf jeden Fall aber, ehe noch ein Jahr herum war, wollte er wieder hier des Weges kommen, allein, und unerschrocken weiterwandern, bis er die Leute eingeholt hatte.

Doch jetzt hatten sie einen langen Vormittag zu marschieren, und wenn die Männer stumm blieben, kam es daher, weil es über alles nachzudenken und vieles im Kopf zu behalten galt. Vielleicht später, wenn die Sonne hoch am Himmel stand und sie erwärmt hatte, kam es dann dazu, daß sie anfingen zu sprechen, oder einfach zu sagen, woran sie sich erinnerten, um sicher zu sein, daß alles noch da war, daß alles gut aufgehoben war. Montag fühlte, wie Worte sich in ihm zu regen begannen, ein sachtes Brodeln. Und wenn dann die Reihe an ihn kam, was konnte er sagen, was konnte er an einem Tage wie diesem mitteilen, um den Marsch etwas zu erleichtern? Alles hat seine Zeit. Gewiß. Alles hat seine Stunde, brechen und bauen, schweigen und reden. Gewiß, alles das. Aber was sonst noch? Was sonst? Irgend etwas, etwas Bestimmtes...

Und auf beiden Seiten des Stromes stand ein Baum des Lebens, der trug zwölfmal Früchte und brachte seine Früchte alle Monate; und die Blätter des Baumes dienten zur Heilung der Völker.

Ja, dachte Montag, das will ich mir für die Mittagsstunde aufheben. Für die Mittagsstunde...

Wenn wir zur Stadt kommen.

Ray Bradbury
im Diogenes Verlag

Ray Bradbury wurde 1920 in Waukegan, Illinois, geboren. Er ist ein Autor von schier unermüdlicher Erfindungsgabe, im Lauf von rund fünfzig Jahren schrieb er an die 500 Kurzgeschichten, Romane, Erzählungen und Bühnenstücke. Seine erste Erzählung verfaßte er mit elf Jahren. Berühmt wurde er vor allem durch die *Mars-Chroniken* und die von François Truffaut verfilmte Zukunftsvision *Fahrenheit 451*. Er erhielt u. a. den Grand Master Award der Science Fiction Writers of America. Ray Bradbury lebt heute in Los Angeles.

»Ich bin ein Geschichtenerzähler, nicht mehr und nicht weniger. In früheren Zeiten hätte ich wahrscheinlich mit Gauklern und Barden auf dem Marktplatz gestanden und die Leute unterhalten.« *Ray Bradbury*

»Einer der größten Visionäre unter den zeitgenössischen Autoren.« *Aldous Huxley*

Der illustrierte Mann
Erzählungen
Aus dem Amerikanischen von Peter Naujack

Fahrenheit 451
Roman. Deutsch von Fritz Güttinger

Die Mars-Chroniken
Roman in Erzählungen
Deutsch von Thomas Schlück

Das Böse kommt auf leisen Sohlen
Roman. Deutsch von Norbert Wölfl

Geisterfahrt
Erzählungen
Deutsch von Monika Elwenspoek

George Orwell
im Diogenes Verlag

»George Orwell, Prophet der Schreckenswelt von *1984*, vielzitierter Autor auch der grimmigen Fabel *Farm der Tiere*, ist heute der meistgelesene englische Schriftsteller des 20. Jahrhunderts. Und mit später Bewunderung wird inzwischen auch jener einst so mißachtete, jener andere Orwell zur Kenntnis genommen, der in Romanen, Reportagen und vielen Essays Zeugnis ablegt von seiner Zeit, von den Dreißigern und Vierzigern des zwanzigsten Jahrhunderts, in denen sich Europas Gesicht verändert hat.«
Der Spiegel, Hamburg

Farm der Tiere
Ein Märchen. Aus dem Englischen von Michael Walter. Mit einem Nachwort des Autors

Im Innern des Wals
Erzählungen und Essays. Deutsch von Felix Gasbarra und Peter Naujack

Mein Katalonien
Bericht über den Spanischen Bürgerkrieg. Deutsch von Wolfgang Rieger

Rache ist sauer
Essays. Deutsch von Felix Gasbarra, Peter Naujack und Claudia Schmölders

Erledigt in Paris und London
Bericht. Deutsch von Helga und Alexander Schmitz

Auftauchen, um Luft zu holen
Roman. Deutsch von Helmut M. Braem

Tage in Burma
Roman. Deutsch von Susanna Rademacher

Der Weg nach Wigan Pier
Deutsch und mit einem Nachwort von Manfred Papst

Denken mit Orwell
Ein Wegweiser in die Zukunft. Ausgewählt von Fritz Senn und Christian Strich. Deutsch von Felix Gasbarra und Tina Richter

Meistererzählungen
Ausgewählt von Christian Strich

George Woodcock
Der Hellseher
George Orwells Werk und Wirken. Deutsch von Matthias Fienbork

Michael Shelden
George Orwell
Eine Biographie. Deutsch von Matthias Fienbork